Réquiem para um assassino

Paulo Levy

Réquiem para um assassino

2ª edição

BÚSSOLA

www.editorabussola.com.br

Foto de Capa
13881278 / zbruch / iStock by Getty Images

Capa
Editora Bússola

Revisão
Editora Bússola

Editoração Eletrônica
Editora Bússola

Dados Internacionais de Catalogação na Publicação (CIP)
(Câmara Brasileira do Livro, SP, Brasil)

Levy, Paulo
Réquiem para um assassino / Paulo Levy.-
2. ed. -. São Paulo : Bússola, 2019.

ISBN 978-85-62969-52-2

1. Ficção brasileira I. Título.

11-08987 CDD-869.93

Índices para catálogo sistemático:
1. Ficção : Literatura brasileira 869.93

Ao meu pai

Capítulo 1

Basta deitar cedo que é sempre a mesma história.

Dornelas deslizou para fora da cama no escuro como se Flávia ainda dormisse ao seu lado. Por hábito, entrou no quarto dos filhos para verificar se estavam bem, as camas vazias. Escutou uma cantoria vinda da rua. Abriu a janela do meio e do alto do muro em frente um gato olhava para um bêbado trôpego que ruminava algumas notas. Fechou a janela, foi ao banheiro e voltou a deitar-se para só então perceber que o sono fugira dele. Sentia-se agitado de um jeito que o incomodava. Resolveu descer.

Foi à cozinha para um copo de água e aproveitou para devorar um naco do pudim de leite, especialidade da diarista.

Um livro talvez o ajudasse a trazer o sono de volta. Parou diante da estante, estudou-a e puxou um exemplar surrado de *A Arte de Amar*, de Erich Fromm, que ganhou do pai, muitos anos antes. Leu na orelha um trecho que mencionava a incapacidade humana de desenvolver o amor com madureza, auto-conhecimento e coragem. Buscou os óculos de leitura na mesinha da entrada, comprados numa banca de jornal, se ajeitou na poltrona e começou a leitura.

Ao cruzar a perna esquerda sobre a outra, sentiu uma fisgada e um repuxo na panturrilha. Passou a mão sobre as cicatrizes e lembrou da bala 22 que atravessara-lhe o músculo, rente à pele. As palavras do médico emergiram da memória: um *band-aid* de um lado, outro de outro.

Um ferimento sem gravidade que matou seu casamento.

Temerosa da viuvez e de deixar os filhos órfãos de pai, não tardou para Flávia o intimidar a escolher entre a profissão e a família.

Com a carreira em ascensão e sem alternativas para colocar comida na mesa, o delegado escolheu a polícia, certo de que a mulher recuaria. Errou. Flávia fez as malas e partiu com os filhos para o Rio de Janeiro, a algumas horas dali. A operação, realizada com tristeza e algum drama, ocorreu há pouco mais de um mês.

Dornelas baixou o livro e se sentiu pesado e triste.

Em sua mente de policial, procurou um culpado para sua situação: a intolerância da ex-mulher, as exigências do trabalho, o lado sombrio da natureza humana, raiz de todos os crimes. Mas sem esse lado sombrio, para quê a polícia?

Conciliar a profissão com o casamento foi certamente o maior desafio que ele enfrentara, e, pela simples matemática dos fatos, fracassara. Dornelas muitas vezes considerou abandonar a polícia e se dedicar a algo previsível e menos perigoso. Mas como policial ele sentia que sua vida tinha uma utilidade, um valor do qual não queria abrir mão.

Os horários elásticos, a improvisação, e principalmente a falta de planos, questão em que Flávia tanto o criticava, também o atraíam imensamente. *As mulheres precisam de um horizonte para o qual dirigir seu amor, mesmo que esse oásis jamais se concretize*, pensou. *Sem isso, elas ressecam, fazem as malas e partem.*

Lucubrações não mudam os fatos: um casamento morreu, existe um culpado. Seria ele próprio? Era cedo para descobrir. Mas estava certo de que algum dia a verdade se imporia sobre todas as dúvidas que grudavam em sua mente como cracas no casco de um barco.

Ao perceber que os pensamentos iam e vinham aos solavancos, como se dirigisse numa estrada repleta de buracos, Dornelas fechou o livro e voltou para a cama. Na delegacia, nenhum grande caso em curso, apenas os de sempre: pequenos furtos, roubos de carros e a eventual prisão de um traficante. Mas alguma coisa se agitava dentro dele como uma serpente se enrolando na escuridão.

★

Saiu da cama às sete, afobado e suarento, certo de que chegaria atrasado à delegacia. Não trabalhava em horários rígidos, tipo nove às seis, mas gostava de chegar antes das oito para não deixar esmorecer o ânimo da sua equipe de investigadores. Se relaxasse no horário, tomariam aquilo como regra e, sem que percebesse, ninguém estaria disponível antes das dez.

Tomou uma chuveirada fria, vestiu-se e deixou um saco plástico com um bilhete sobre a pia da cozinha. Em três palavras pedia a Neide, a diarista, que passeasse com o cachorro assim que chegasse. Sem uma voltinha na rua, Lupi sujaria o sofá da sala por pura pirraça. Saiu.

Comeria um pão na chapa com café na padaria, a caminho do trabalho.

★

Saiu de casa e iniciou sua caminhada diária para a delegacia. Evitava pegar o carro; gostava de andar pela cidade, ver as pessoas, o movimento nas ruas. Diariamente repetia o percurso mais longo, uma volta desnecessária. Dornelas considerava o trajeto um esporte.

Àquela hora, o comércio de Palmyra sequer cogitava abrir as portas, tanto na parte nova da cidade, feia e sem graça, como na velha, tombada por lei.

Andou seis quadras e gradualmente deixou para trás a arquitetura pobre, as calçadas de cimento carcomido e as ruas de asfalto e entrou no calçamento pé de moleque do Centro Histórico.

As paredes brancas, as janelas coloridas e o estilo colonial brasileiro do século XVII davam ao lugar o aspecto de um brinquedo tosco e ultrapassado. Pulou a pesada corrente que bloqueava a entrada de automóveis, presa em duas pilastras de granito de um lado a outro da rua, e seguiu na direção do mar.

Como todos os dias, Dornelas sentia-se como se estivesse viajando no tempo ao sair da cidade nova e entrar na velha. Aquele ritual o agradava, remetia-o a profundezas, a coisas que não se desgastam com o tempo nem com os fatos, em oposição ao mundo superficial onde tudo é temporário, aquilo que aparece hoje é substituído pela novidade amanhã numa roda viva incansável e sem fim.

Andando de pedra em pedra, como quem cruza um riacho, chegou ao final do primeiro quarteirão. Em vez de virar à esquerda na Rua da Abolição, como em todos os dias, parou e notou um movimento incomum na esquina oposta. Muita gente se dirigia para lá como um fluxo de água que escorre pelo ralo.

Apertou o passo e se enfiou na multidão. Aqui e ali ouvia murmúrios, perguntas. Quanto mais perto da água, mais denso o volume de gente. Passou por trás da igreja de Santa Teresa, cruzou a pracinha da Antiga Cadeia e atravessou a rua à beira-mar aos trancos, os cotovelos altos e aos gritos de "polícia, polícia".

Com dificuldade, subiu na mureta entre a rua e a água e dali avistou o corpo de um homem atolado de costas sobre a lama seca da baía, os braços estendidos como os do Cristo Redentor, a camisa cor de laranja aberta e empapada sobre a lama.

Um cadáver no lodaçal a quarenta metros de distância.

Olhou para a multidão em volta à procura de algum dos seus investigadores e viu Solano, a certa distância, falando ao celular. Abrindo caminho na base do "desculpe, desculpe, polícia, polícia", Dornelas andou na direção dele, sobre a mureta.

– Por que não me ligaram? – disparou assim que Solano o viu.

– Ninguém atende o fixo da sua casa, doutor. E o celular vai direto para a caixa postal.

Merda, pensou Dornelas. Ele havia tirado o fio da parede no noite passada depois de uma ligação desaforada da ex-mulher. Esquecera de reconectá-lo depois. Tirou o celular do bolso e o ligou num misto de raiva e vergonha.

– Tem mais alguém da equipe aqui?

– Lotufo está vindo. Caparrós está cuidando da papelada dos Bombeiros.

– Cadê o Peixoto?

Dorival Peixoto, o Delegado-Assistente, o vice, é o responsável pelo dia a dia e pelos inquéritos na delegacia, enquanto Dornelas se concentra em funções mais administrativas. Num caso como esse, com um cadáver aos olhos do povo em plena luz do dia, a mídia pressionaria a polícia sem dó. Essa pressão recairia sobre seus ombros e não sobre os do vice. E como Peixoto adorava os jornalistas, era preciso contê-lo a tempo.

Sua preocupação recaía no fato de que o vice se sentia atraído para os holofotes como uma mariposa por uma lâmpada acesa. Sua paixão pelas câmeras é tão grande que ele chegou a prejudicar uma investigação ao revelar equivocadamente na mídia que a polícia se aproveitaria de uma campanha eleitoral para entrar numa favela. Obviamente, os bandidos sumiram muito antes de a polícia chegar. Sem contar que, para Dornelas, faltava ao Peixoto sede de ação e inteligência, além de ele ser um grande lambe-botas.

— Tá na maternidade. O filho nasceu esta madrugada. Um menino lindo — respondeu Solano, transbordando entusiasmo.

Intimamente Dornelas agradeceu à mulher do Peixoto. Nem que o parto encruasse ele passaria esse caso para o vice.

Mandaria flores depois.

— E a PM, vai demorar? É preciso segurar essa multidão.

— Devem chegar logo. Já chamei a Perícia e o IML, mas não sei como eles vão lidar com a maré seca desse jeito.

— Eles vão demorar umas boas horas para chegar aqui. Se a maré subir, vamos perder algum rastro ou marca de como o corpo chegou até lá — disse o delegado apontando para as poças de água suja e as natas furta-cor. — Quanto tempo para os bombeiros?

— Meia hora, uma hora. Depende da papelada.

— Não vai dar tempo. A maré já está subindo.

Filetinhos de água suja começavam a escorrer para todos os lados, aqui e ali espocavam pequenas bolhas na lama brilhante. Inexplicavelmente, como muitas coisas no universo, o fedor do lodo seco e do mangue adjacente exercia um charme mórbido entre os turistas, principalmente os europeus. E nos dias de sol como aquele, a coisa fedia para valer.

Solano levantou um pé e mostrou uma bota nova e brilhante.

– Acabei de comprar, doutor. Custou uma fortuna – disse sem jeito o investigador.

Dornelas enfureceu-se, tirou o paletó e jogou-o como uma trouxa ao subordinado. Pulou no mangue, metro e meio abaixo, para espanto da multidão que acompanhava tudo de arquibancada. Enterrou-se até os joelhos na pasta preta e saiu andando em direção do morto, enterrando e desenterrando as pernas, para perder um sapato seis passadas adiante. Foco de atenção, continuou impassível pelos trinta metros que restavam, deixando um rastro de pegadas profundas que logo se enchiam de água suja.

Ao chegar perto do corpo, notou que ele não fedia, que o "presunto era fresco", como costumam dizer na delegacia. Para ter certeza, tão forte era a fedentina à sua volta e em sua roupa, Dornelas dobrou-se, cheirou a testa do morto e confirmou sua tese: suor salgado e azedo, mas não de carne podre.

Ainda não, pelo menos.

Olhou para o alto e foi preciso cerrar os olhos contra o sol inclemente para ver incontáveis pontinhos pretos circulando no céu. Mirou o lado oposto do estreito canal e mais pontinhos, imóveis sobre as árvores do mangue, pacientemente aguardavam Dornelas sumir dali para aterrissarem sobre o corpo e se refestelarem no banquete.

Por um momento, o delegado sentiu-se acossado pela atenção: a multidão de um lado e os urubus de outro. Decidiu acelerar a análise do corpo.

Primeiro, tirou uma foto mental da cena e jogou-a no inconsciente. Sua intuição, ferramenta preciosa de trabalho, ofereceria uma análise completa e absoluta em pouco tempo. Enquanto isso, fitou o cadáver com reverência e aquilo o intrigou. Procurou no corpo os sinais que alimentaram aquela primeira impressão e questionou-se se seria a posição, o leve sorriso ou os olhos abertos, vidrados e inertes, que lhe dava a expressão de um querubim em estado de devoção. Ou talvez as três coisas juntas. E pensou, *o que faria alguém morrer sorrindo desse jeito?*

Observou os pés descalços e as pernas nuas até a altura dos joelhos. Dali elas se escondiam debaixo de uma bermuda branca imunda. Não encontrou nenhum sinal de violência, nenhuma marca recente ou cicatriz.

Subiu para o tronco nu. A pele começava a ressecar ao sol e se expandia na barriga saliente, esticava-se como um tambor, resultado da decomposição em andamento. Avançou para o peito sem pelos nem marcas, o pescoço sem sinais de estrangulamento e a cabeça raspada, onde não encontrou nenhuma ferida ou hematoma.

Olhou os braços e a única coisa que chamou sua atenção foi um pequeno *band-aid* redondo grudado na dobra interna do braço esquerdo. A pele estava levemente arroxeada ao redor dele. Fora isso, nada de anormal. Se existisse alguma coisa nas costas, saberia depois, pelo exame da necrópsia. Não queria virá-lo naquele lugar.

Estudou a lama em volta do corpo à procura de marcas de sangue, pegadas, rastros de barco, sinais de arrasto. Nada. Como a maré subia depressa e Dornelas não queria perder as impressões de tudo aquilo, sacou o celular do bolso e tirou fotos do que chamava sua atenção. Uma foto ou outra, um ângulo, um detalhe, alguma coisa talvez o ajudasse no futuro das investigações.

Sabia que a Perícia não usaria nada daquilo, e mesmo se quisesse não poderia, pelo menos em caráter oficial. As atribuições de cada um dos órgãos acionados – Polícia Militar, Corpo de Bombeiros, Perícia, Instituto Médico Legal e Polícia Civil, da qual Dornelas é o Delegado-Titular – são esquadrinhadas de forma a permitir que cada um faça apenas a sua parte no todo que uma investigação exige. Mas sempre acontece, num caso ou noutro, de alguém pisar no calo alheio.

Antes de perceber que a maré lhe subia à altura das coxas e o corpo começava a se soltar do fundo, o instinto disparou uma espécie de luz vermelha que se acendeu na mente. Dornelas se deteve no *band-aid* e se protificou a retomar aquilo depois. Se não agisse rápido, em pouco tempo o cadáver boiaria sabe lá para onde e os urubus o atacariam vorazmente. *Danem-se os Bombeiros e a Perícia*, pensou.

Arrancou o cinto das calças, enlaçou o corpo pelo pulso direito e começou a puxá-lo na direção da margem. Nesse meio tempo, o camburão da PM havia chegado e os policiais já começavam a cuidar do perímetro e a dispersar a multidão.

Ao olhar para o bando de curiosos em terra seca, Dornelas lamentou o gosto mórbido do povo pela morte. Ele nunca entendeu a razão de as pessoas gostarem tanto de ver a desgraça da própria espécie transformada em espetáculo. Talvez uma herança animal adormecida que retorna impiedosa diante de uma calamidade. Talvez pura sede de sangue ou simplesmente falta de coisa melhor para fazer.

Nessas horas, pensou, *os seres humanos se rebaixam ao estado mental de um bovino.*

As redes de TV oferecem um cardápio riquíssimo de opções de programas: reconstituição de crimes, métodos científicos de investigação, gente sendo morta diante das câmeras. *A imprensa vive disso.*

Já próximo à mureta, o delegado Joaquim Dornelas estudou brevemente o mar de olhos fincados nele e no cadáver e concluiu que mais pareciam um enxame de moscas do que gente, iguaizinhas àquelas que se aglomeram sobre estrume fresco.

Capítulo 2

Dornelas chegou à base da mureta suado e ofegante. Suspendeu até onde pôde o cinto preso ao cadáver para que Solano e Lotufo o agarrassem e o içassem para fora do mangue. Saiu mais adiante, onde a mureta era baixa, e avisou Solano que passaria em casa para trocar de roupa antes de ir para a delegacia.

Lotufo enrolou o corpo num plástico preto sobre a mureta. Dessa forma ele estaria a salvo do ataque dos urubus, mas não do calor do sol. Duas horas ali e o cadáver seria assado como um robalo embrulhado em folhas de bananeira.

A caminho de casa, imundo e cheirando mal, decidiu desviar para o posto de gasolina mais próximo e tomar uma ducha automotiva. Se largasse as roupas imundas para Neide lavar, ela certamente pediria as contas. Dornelas não podia dar-se o luxo de perdê-la. A diarista era de confiança, cuidava da casa, das roupas e eventualmente do cachorro, com algum carinho. Não era nenhuma sumidade na cozinha, mas se virava bem com o básico. Na vida de um homem separado com tempo escasso e pouca experiência nos cuidados do lar, a ajuda dela não era apenas bem-vinda, mas necessária.

★

Entregou-se a um longo banho, esfregou-se com bucha e sabão mais de uma vez. Mesmo assim, o cheiro da lama que chegara à sua alma custou a sair. O cachorro o observava enrolado no tapete do banheiro, lugar onde dormia todas as noites.

Lupi era um cão magrelo, feioso e afável que dava a impressão de sujo mesmo depois do banho que eventualmente tomava com Dornelas, no chuveiro, com detergente de pia; receita de uma veterinária amiga de infância, que considerava o produto o melhor remédio contra pulgas. Na dúvida, o delegado seguia a receita sempre que o cachorro fedia além da conta.

★

O morto trouxe vida à delegacia. Tão logo o delegado cruzou a soleira da porta de entrada, a visão das pessoas circulando e o som dos telefones tocando o deixaram contente.

Marilda, a recepcionista, esticou-se sobre a mesa e lhe entregou um papelzinho de recados enquanto falava ao telefone. Era uma mulher boazuda, seios fartos, por volta dos quarenta, extremamente eficiente e que costumava se vestir como uma aeromoça: roupas coladas, coque nos cabelos e óculos de aro de tartaruga. Ela certamente povoava as fantasias de muitos dos policiais da delegacia, mas como era casada, e bem casada como dizia, com um crioulo forte como um touro, ninguém se atrevia a mexer com ela.

Perto das dez, Solano apareceu.

– A Perícia e o IML deram as caras? – indagou Dornelas enquanto lia os recados e vasculhava a correspondência.

– Não. Deixei o corpo para os urubus e corri pra cá.

Dornelas levantou a cabeça e olhou-o fundo nos olhos.

– Estão lá. Lotufo está com eles – disse Solano, certo de que aquele não seria um bom dia para rodeios com o chefe. – Querem falar com o senhor sobre esse negócio de ter comprometido o local do crime.

– Você explicou onde estava o corpo?

– De que adianta? O senhor sabe como eles são quadradinhos com os procedimentos.

A voz de taquara rachada do chefe da Perícia, *aquele pentelho*, pensou Dornelas do Chagas, surgiria a qualquer momento no telefone reclamando dos malditos procedimentos, como se não existissem possibilidades imponderáveis entre um cadáver, o sol, a maré, o lodo seco da baía e uma revoada de urubus. Num impulso, jogou a correspondência sobre a mesa e disparou:

– Eu me entendo com o Chagas. Apenas me lembre de colocar tudo no corpo do inquérito. Não quero que torrem o meu saco com isso depois.

– Pode deixar, doutor.

E quando Solano se preparava para sair da sala.

– Já identificaram o corpo?

– Estamos trabalhando nisso.

Solano saiu. Dornelas puxou o telefone do gancho e apertou três teclas.

– Marilda, envie um maço de flores para a mulher do Peixoto.

– O que eu escrevo no cartão?

Um *muito obrigado* veio automático à mente.

– Você decide.

– Vou caprichar.

– Peça para Lotufo vir me ver assim que chegar.

– Pode deixar, doutor.

Desligou e puxou o telefone novamente.

– E Marilda, esse vereador Nildo Borges ligou faz tempo?

– Faz uma hora. Queria muito falar com o senhor sobre o crime do mangue.

Crime do Mangue! Então era assim que esse caso ficaria conhecido, pensou. Embora o corpo não estivesse no mangue propriamente dito, mas no lamaçal em frente, no fundo da baía de Palmyra, a opinião pública rapidamente se apropriaria da ideia de que o crime ocorrera ali. Dornelas ficou impressionado com a criatividade do brasileiro: Crime do Parque, da Mala e agora este. *Quem sabe não produziriam um documentário sobre isso daqui algum tempo!*, concluiu.

– Obrigado – desligou para intrigar-se com o fato de que bastava um corpo aparecer diante do povo para as serpentes da Câmara dos Vereadores começarem a se mexer. Talvez aquele não fosse um infeliz qualquer. Lotufo apareceu na porta.

– Quer falar comigo, doutor?

– Vá aos hospitais da cidade e descubra quem fez exames de sangue entre ontem e hoje.

– É pra já.

Lotufo sumiu. Dornelas passou a mão no telefone novamente e discou mais três números.

– Anderson, Dornelas aqui. Tudo bem?

– Mais ou menos, doutor. O servidor pifou outra vez por causa do calor. Quando o senhor acha que vamos conseguir um aparelho de ar condicionado aqui pra sala?

– Breve, breve – respondeu o delegado, lamentoso.

O pedido era antigo e Dornelas ainda não havia encontrado uma fórmula milagrosa para multiplicar a verba apertada de que dispunha a delegacia. Ciente da espremida que dera no chefe, Anderson perguntou:

– Do que precisa dessa vez, doutor?

Anderson, o *nerd* da delegacia, como todo bom especialista em informática, tinha pouco tino para o convívio social, nenhum assunto além da sua especialidade e sabia disso, assim como sabia que só recebia ligações do chefe quando este precisava dos seus serviços.

– Coisa pequena. Quero que descarregue algumas fotos do meu celular. Peça para alguém imprimir tudo em papel fotográfico. Para ontem, por favor.

– Quanto a descarregar é fácil, doutor. Já imprimir o senhor sabe que as nossas impressoras não são capazes disso. E para fazer fora, é preciso fazer um pedido de despesas, protocolar na...

– Deixe comigo, então – cortou na raiz, o delegado. – Apenas descarregue e me entregue tudo num CD, por favor.

– Passo por aí em dez minutos para retirar o aparelho.

Dornelas largou o telefone, desanimado. Sabia muito bem como giravam as engrenagens da burocracia do poder público brasileiro. O meandro de papéis, requisições, comprovantes, relatórios e carimbos, com o objetivo primeiro e claro de intimidar a corrupção, ganhou com o tempo um aspecto tão monstruoso e asfixiante, quase com vida própria, que permitia até corruptos inaptos tirarem proveito de olhos fechados. Mas o sistema era esse e não seria ele o responsável por mudá-lo. Levantou-se para esticar as pernas e o telefone tocou. Atendeu.

— Dornelas!

— Delegado, o vereador Nildo Borges — disse Marilda. — Ele quer muito falar com o senhor.

— Pode passar.

Apertou os olhos com os dedos, suspirou e ouviu:

— Caríssimo delegado Joaquim Dornelas — do outro lado da linha uma voz masculina e desconhecida, a entonação envolvente e pegajosa, característica dos políticos capazes de transformar um desconhecido no melhor amigo de infância em questão de minutos.

— Bom dia, vereador. Em que posso ajudá-lo? — respondeu Dornelas monocórdio, o que pegou o político de surpresa.

— Bem, delegado — retomou, mais formal. — Soube esta manhã que o senhor encontrou o corpo de um dos nossos queridos cidadãos atolado na lama.

— Ainda não o identificamos, de forma que não posso dizer quem é ou de onde veio. Mas se o senhor sabe que é um dos nossos, peço sua ajuda para a identificação.

Nildo Borges, na sua falsa simpatia, percebeu ter falado além da conta.

— Veja bem, não assumo que seja um dos nossos, mas como somos uma cidade hospitaleira para com os turistas, sabe que abraçamos a todos como irmãos.

A untuosidade do vereador começava a irritá-lo.

— Façamos o seguinte, se me permite: caso saiba de alguma coisa que não sabemos, por favor nos diga para que possamos acelerar o curso das investigações.

— Pois bem. Que tal batermos um papo aqui na Câmara, no meu gabinete, por volta do meio-dia?

– Podemos deixar para as duas? Tenho um compromisso inadiável para o almoço.

– Perfeito. Aguardo-o aqui às duas horas então.

Dornelas colocou o fone no gancho e largou o celular sobre a mesa para que Anderson o encontrasse com facilidade. Saiu. Comeria alguma coisa no refeitório da delegacia e seguiria para casa.

Seu salário não lhe permitia comer em restaurantes com frequência, e não gostava de visitá-los de surpresa para pedir uma refeição em quentinhas – prática de alguns policiais – pois aquilo o fazia se sentir como um mendigo. E sabia que os restaurantes, a contragosto, trocavam comida por proteção policial, um negócio espúrio do qual queria distância.

Capítulo 3

De barriga cheia, perto de uma da tarde, abriu a porta da casa para encontrar Lupi de orelhas em pé, abanando a cauda, com a ansiedade canina típica do xixi prestes a sair pelas orelhas. Se não agisse depressa, a barra do sofá seria banhada novamente. Pegou a coleira na gaveta da cômoda, ao lado da porta, um saquinho plástico e saiu para a rua, sendo puxado pelo cachorro.

Desde que Flávia partira com os filhos, o sobrado pequeno e antigo de janelas quadriculadas e geminado dos dois lados, no centrinho da cidade-nova, ficou grande para ele e o cachorro. Mas agora, dono do próprio espaço e nariz, Dornelas gostava de poder desfrutar da liberdade animal de andar nu pela casa sem precisar dar satisfações a ninguém.

Demarcado seu território, Lupi voltou com ele e se deitou no tapete da sala enquanto Dornelas ligava o computador. Com o servidor da delegacia fora do ar, ele queria consultar a tábua das marés no *site* da Marinha e confrontar as variações do mês com a hora aproximada da morte – informação que viria do IML –, e quem sabe descobrir de onde o corpo teria saído para atolar no lugar em que estava.

Imprimiu as quatro páginas das previsões de marés daquele mês, desligou o computador e saiu. Em quinze minutos teria um encontro com Nildo Borges.

★

A Câmara dos Vereadores ficava num prédio de três andares, imponente e brilhoso, revestido de granito cinza e janelas pretas.

A falta de sintonia com a arquitetura pobre do resto do município era total. *Alguém faturou alto com essa construção*, pensou. Uma obra daquele tamanho não era produto de um homem só, mas de uma quadrilha bem estruturada envolvendo gente da sociedade civil, políticos e funcionários públicos. O samba-enredo de Bezerra da Silva pipocou-lhe na mente.

...

Aqui realmente está toda a nata: doutores, senhores, até magnata
Com a bebedeira e a discussão, tirei a minha conclusão:

Se gritar pega ladrão, não fica um meu irmão
Se gritar pega ladrão, não fica um

...

Ao pensar que um prédio daquele tamanho servia a um grupo de apenas onze vereadores, acompanhados de uma comitiva de funcionários públicos – nepotismo incluído –, que custavam uma fortuna aos cofres públicos, dinheiro dos contribuintes, Dornelas irritou-se até os ossos.

Depois de tirarem uma foto sua e outra do documento, subiu pelo elevador até o andar dos gabinetes, o terceiro e último, para desembocar em frente ao balcão central onde trabalhava uma recepcionista lixando as próprias unhas. Apresentou-se, disse a que vinha e lhe foi indicado bater na porta de número nove.

A porta se abriu e olhos cor de esmeralda o encararam. Dornelas se viu diante da imensidão de uma floresta tropical com seu aroma úmido de mata virgem, daquelas em que qualquer homem entraria para se perder na busca do *El Dorado*.

– Delegado Joaquim Dornelas, suponho?! – disse ela estendendo-lhe a mão. – Meu nome é Marina Rivera. Sou Chefe de Gabinete do vereador Nildo Borges. Por favor, entre.

Dornelas apertou a mão da moça com delicadeza, como se segurasse um passarinho. E quando ela se inclinou ele viu, por alguns segundos apenas, os seios pequenos e firmes, perfeitos em tamanho e forma, como uma escultura.

– O vereador ligou agora do celular, teve um imprevisto, mas já está a caminho – disse ela.

Dornelas entrou no que parecia a recepção de um posto de saúde: um computador ligado sobre uma mesa vazia, três pessoas com cara de fome, espremidas numa banqueta, a foto do presidente da República sorridente, pendurada na parede, uma planta raquítica num canto.

– Ele vai demorar?

– Quinze minutos, no máximo. Posso lhe oferecer algo para beber... café, água?

– Água, por favor.

Sem lugar para sentar, ele ficou de pé. Marina rodou sobre os calcanhares, jogou a trança de cabelos pretos para trás da cabeça e lançou-lhe um olhar malicioso sobre o ombro, antes de sumir pela única porta, gabinete adentro. Dornelas sentiu uma labareda se acendendo por dentro, daquelas que fogem do controle e arrasam uma floresta inteira.

Tomou o copo de água com sofreguidão.

– Espere na minha sala enquanto o vereador não chega! – ela sugeriu.

– Não quero atrapalhar seu trabalho.

– Eu insisto. Aqui não há lugar para o senhor se sentar.

Marina entrou com Dornelas no encalço.

– Já identificaram aquele corpo? – ela perguntou enquanto avançavam por uma sala ampla com divisórias baixas que separavam quatro mesas de trabalho, numa espécie de cruz, além de duas mesas encostadas na parede dos fundos. Apenas duas pessoas trabalhavam ali.

– Nada ainda. Mas o vereador parece ter informações sobre ele. Por isso estou aqui.

Eles entraram numa saleta anexa a uma maior, talvez a de Nildo Borges. Ela circundou a mesa e o encarou.

– Gostaria de poder ajudá-lo – disse ela, melosa. – Me diga se é possível, quando quiser.

Fogo, Dornelas, fogo!

– Vou me lembrar disso – arrematou antes de sentar e tirar um cartão de visitas do bolso do paletó e depositá-lo sobre a mesa. – Por favor, fique à vontade. Não quero mesmo atrapalhar o seu trabalho.

– Vou apenas terminar este *e-mail*.

Fingindo estar alheia à presença do delegado, Marina Rivera sentou-se ereta diante do computador e começou a dedilhar o teclado. Dornelas se voltou para dentro de si e procurou entender o motivo da sua atração por aquela mulher. Analisou os olhos verdes, grandes e delicados de corça. Ela os arregalava de modo a parecer mais frágil e inocente. Mas alguma coisa nela o incomodava.

– Pronto! – disparou Marina num pulinho e virou-se para ele.

Dornelas largou seus pensamentos e se endireitou na cadeira antes de perguntar:

– Você sabe de alguma coisa sobre o crime de hoje de manhã?

– Nada que possa ajudá-lo. Por mais que eu gerencie as atividades do Nildo aqui na Câmara, existem assuntos que só mesmo ele conhece.

Aquela intimidade o intrigou. Sem devaneios, indagou:

– Me diga, qual é a sua relação com o vereador?

Ela sorriu.

– Eu estava esperando essa pergunta.

Ele aguardou calado.

– Minha história com Nildo é antiga. Nos conhecemos na faculdade. Ele era como um filho para o meu pai. Ele começou a se envolver com política nos tempos de Diretório Acadêmico. Fui atrás, pois admirava seu entusiasmo, suas ideias. Somos amigos de longa data. Só isso.

– Que ideias eram essas?

– A igualdade e a segurança econômica para todos – disparou, como uma gravação.

– Esse discurso parece um pouco ultrapassado, não acha? Você ainda acredita nisso?

– Delegado Dornelas – disse ela num tom professoral.

– Por favor, me chame de Joaquim.

– Combinado. Joaquim, o mundo mudou muito desde aquela época. E eu mudei também, talvez à força, mas mudei. De lá para cá, o capitalismo selvagem e a globalização se impuseram de forma tão esmagadora que me fizeram ver que aquelas ideias de igualdade, de um governo forte e centralizador, proprietário da maior parte das terras, dos bancos, dos recursos naturais, da indústria, não passavam de um ideal que jamais seria concretizado. Demorei para enxergar que a nossa luta se assemelhava à de Dom Quixote em sua batalha contra o moinho de vento. O tempo nos deu um banho frio de realidade.

Aquela mulher conhecia bem a cartilha que defendia e se mostrava muito mais esclarecida do que parecia.

– E no que você acredita hoje?

– Delegado Dornelas!

– Joaquim, por favor.

O tom professoral típico dos comunistas de carteirinha que se julgam os donos da verdade, começava a irritá-lo.

– Joaquim, me desculpe. Hoje procuro enxergar a igualdade social dentro da economia de mercado, se é que isso é possível. Você sabe, vivemos num mundo socialmente tão injusto... Os ricos pagam menos impostos que os pobres, doentes morrem nas filas dos hospitais, crianças saem das escolas sem conseguir interpretar uma página de texto sequer. Como dizem: analfabetos funcionais. Precisamos fazer alguma coisa!

Marina Rivera parecia em campanha para um cargo público. Dornelas pensou em lembrá-la de que ela já ocupava um quando foi interrompido por um homem obeso que entrou de rompante na sala e bateu com os nós dos dedos na porta aberta.

– Estou atrapalhando alguma coisa?

– Nildo! – disse ela com entusiasmo enquanto se levantava da cadeira. Dornelas a seguiu e apertou a mão do vereador.

– Desculpe o atraso. Tive que passar na Peixe Dourado. Um dos nossos refrigeradores pifou e tivemos que transferir meia tonelada de peixes para outro. Senão, perderíamos tudo. Seria um prejuízo enorme. Meu irmão assumiu há pouco e não está familizarizado com os procedimentos.

Nildo Borges era proprietário da Peixe Dourado, a maior empresa pesqueira de Palmyra. Seu negócio estendia tentáculos em quase todas as áreas da atividade pesqueira: produção, beneficiamento, revenda, no município e no interior, e alguma coisa de exportação.

Para ocupar o cargo de vereador, Nildo colocou Wilson, o irmão, para cuidar do negócio. Com isso, pôde dedicar mais tempo ao serviço público, participar das decisões e votações importantes do município e parar de entregar munição de graça aos opositores. Não raro ele se ausentava da Câmara para cuidar de assuntos que exigiam sua presença, temas fundamentais, como dizia.

Circulavam boatos de que ele e a empresa se beneficiavam do cargo. Muitos tentaram, mas ninguém conseguiu provar coisa alguma que o incriminasse. De duas, uma: ou Nildo Borges era um exemplo de retidão, ou um Harry Houdini para escapar das investigações que, diziam as más línguas, foram todas comprometidas por acertos e conchavos. Virou-se para Dornelas.

– Vamos conversar na minha sala, delegado? – voltou-se para Marina: – Nos falamos em breve. – E lançou uma piscadela que Dornelas fisgou no ar. O gesto o intrigou.

Enquanto o seguia para se sentar diante de uma mesa grande e entulhada, Dornelas embatucou com a relação entre os dois, que parecia ter evoluído de uma amizade estudantil para algo maior, numa espécie de simbiose difícil de se definir.

Nildo Borges fechou a porta atrás de si, tirou o paletó, pendurou-o num gancho na parede e largou o corpanzil na cadeira reclinável. Dornelas temeu pelas engrenagens.

– Que infelicidade daquele homem no mangue, não é mesmo delegado? – declamou enquanto passava as mãos nos cabelos pretos e brilhantes de gel, ao estilo de Vito Corleone em *O Poderoso Chefão*.

– Morrer faz parte da vida.

– Mas daquele jeito, jogado sobre a lama para ser devorado pelos urubus! Onde está a dignidade humana?

Será que agora é a vez do vereador despejar as ideias comunistas em cima de mim?, pensou o delegado antes de prosseguir.

– O senhor me chamou, pois deu a entender de que tem informações que não tenho.

– Verdade – disse Nildo enquanto se ajeitava na cadeira como uma galinha sobre os ovos. – Delegado Joaquim Dornelas, o senhor sabe que ocupo este cargo pela confiança que as classes menos favorecidas depositaram em mim. Na Câmara dos Vereadores, eu sou a voz dos pobres e dos aflitos, daqueles que sofrem por uma vida digna, que desejam nada mais do que a casa própria, segurança nas ruas, escolas de qualidade para seus filhos. Veja como são remunerados os professores! É de dar vergonha, delegado. Ande nas ruas e repare o estado deplorável em que tudo se encontra: as bocas de lobo entupidas, os lixões a céu aberto contaminando nossa água. Uma calamidade, delegado. Uma calamidade.

Dornelas suspirou e assentiu pesadamente com a cabeça enquanto imaginava o efeito magnético daquela *performance* num comício político: a multidão de braços erguidos, pulando, gritando e sacudindo bandeirolas ao som de uma marchinha de estourar os miolos. Nildo prosseguiu:

– Pois bem. Então o senhor deve saber também que a região menos favorecida do nosso amado município, a mais pobre, falando em bom português, está na ilha dos Macacos, do outro lado da baía.

– Hum, hum – murmurou Dornelas, visivelmente entediado. Era impossível lembrar quantas vezes ele fora obrigado, em toda a carreira, a ouvir a narrativa maçante dos políticos, sempre a mesma ladainha.

– Ótimo. Pois é do contato próximo que tenho com o povo que chegou a informação, hoje pela manhã, de que o morto fazia parte de uma quadrilha de traficantes que opera no município, para a infelicidade dos moradores por terem de conviver com este tipo de perigo nas portas de suas casas. Lamentável, não acha?

Era estafante e ao mesmo tempo tão simples. Bastava que Nildo lhe desse um nome. Dornelas tinha vontade de pular sobre a mesa e sacudi-lo com força, tirar dele a identidade do homem como se faz para tirar as moedas de um cofrinho.

– O senhor tem um nome? – perguntou secamente.

A marchinha parou, a multidão emudeceu, o comício sumiu.

– José Aristodemo dos Anjos, ou Zé do Pó, como era conhecido.

Dornelas jogou sua isca sem saber que fisgaria um peixe tão grande. Nildo prosseguiu.

– Pelo que fui informado, ele estava subindo na hierarquia.

– Ameaçando o Porteiro?

– Não tenho dúvidas.

O Porteiro é o patrão do tráfico na cidade. Da ilha dos Macacos – que se tornou uma península depois que a Prefeitura manilhou parte da foz do rio – ele comanda um pequeno exército de falcões que espalham sacolés de cocaína, maconha e principalmente o crack, em todo o município. Ele é conhecido como um homem violento que não mede esforços em eliminar seus desafetos, não importa quem seja. A lista é longa. Ninguém sabe a origem do apelido. Uns dizem que serve de homenagem ao seu primeiro assassinato, quando esmagou a cabeça de um sujeito na porta do carro. Outros, enquanto foi porteiro numa boate, no começo da carreira. E outros ainda, no próprio Inferno, tão vasto é o mito em torno dele.

– Eu conhecia o Zé do Pó apenas pelo apelido. As fotos que tentamos tirar não prestam – disse Dornelas. – Temos dificuldades de entrar em algumas partes da ilha. Não quero mandar meus homens para serem executados a sangue frio.

Diferente do Rio de Janeiro, que dispõe de tropas de elite para incursão nas favelas, equipadas com veículos blindados e armas mais poderosas do que as das policias Civil e Militar, os recursos que Dornelas dispõe são ridículos se comparados com os usados pelos traficantes.

Enquanto a Polícia Civil dispõe de revólveres calibres 38 ou 9mm, os traficantes, de fuzis HK-47 para cima. E quanto maior o calibre, mais desigual a guerra. É briga de cachorro grande, páreo para a Polícia Federal, que é quem assina convênios com a Polícia Civil e com a Militar em cada estado para o combate ao tráfico de forma localizada. A divisão do trabalho entre as duas é clara: a PM atua na prevenção, a Civil nas questões judicial e investigativa. Vez por outra os papéis se confundem. E quando os salários não se equiparam, vira briga entre irmãos.

— Entendo o que diz. E creio que posso ajudá-lo. — disse Nildo com um gesto das mãos e o olhar imantado daquele vidente, ou seria rei do telemarketing, consagrado na TV como o missionário das peruas ricas e carentes de Miami — Farei o seguinte: vou mobilizar meus aliados na Câmara para conseguir mais verbas para a polícia e assim ajudá-lo a erradicar de vez este câncer da nossa sociedade.

Vendo que o vereador insistia no discurso de campanha, Dornelas deu a conversa por encerrada. Levantou-se.

— Agradeço sua disposição em ajudar — disse ao apertar a mão do político.

— Conte comigo. Caso saiba de mais alguma coisa, correrei para informá-lo.

Hora de ir embora. Despediu-se de Marina e saiu. Quando a porta do elevador se abriu, deu-lhe um estalo e Dornelas voltou e entrou na recepção. Marina conversava com uma senhora. Disse a ela a razão do seu retorno e entrou novamente no gabinete de Nildo Borges.

— Desculpe interrompê-lo, vereador, mas o senhor pode me dizer quem o informou sobre a morte do Zé do Pó?

Nildo Borges ficou paralisado no lugar como se tivesse sido apanhado na cama com uma amante.

— Um eleitor — respondeu num impulso.

— O senhor pode me dar o nome? Preciso conversar com ele.

— Ah, bom, recebi uma ligação em casa, bem cedo, tipo sete e meia da manhã. Era um homem e não disse o nome. Ajudaria o senhor se eu pudesse fornecer o número de quem ligou, mas infelizmente não tenho identificador de chamadas no meu telefone.

— Outra questão, se não se importa.

– Fique à vontade, delegado.

– Uma coisa me intriga. O senhor pode imaginar por que ligaram para o senhor em vez da polícia?

– Delegado Dornelas, fiz a mim mesmo essa pergunta tão logo desliguei o telefone. Não sei a razão. Sinto muito.

– Entendo – lamentou. – Agradeço mais uma vez a sua ajuda. Se souber de mais alguma coisa, por favor nos avise. Tenha um bom dia.

– O mesmo para o senhor.

E saiu.

Capítulo 4

Já na rua, Dornelas procurou o celular no bolso e lembrou de tê-lo deixado sobre a mesa para Anderson baixar as fotos que tirou pela manhã. Pensava em adiantar alguns assuntos da investigação com Solano e Lotufo durante a caminhada até a delegacia. Abortado o plano, seguiu em direção ao Bar do Vito.

Subiu o degrau alto de pedra e deparou-se com o próprio, um italiano carrancudo que largou a Itália, a mulher, os filhos, o cachorro e o papagaio, e voltou para morar com uma brasileira que conheceu durante as férias e se apaixonou por ele.

A mulher, bonita e simpática, trabalhava na cozinha e tinha o dom natural de aguentar a rabugice do marido, característica de que Flávia carecia e Dornelas admirava. Talvez um pouco daquilo na ex-mulher, uma pitada apenas, salvaria seu casamento.

Talvez. A constatação o entristeceu.

O Bar do Vito tinha a fama de ser um lugar despojado, uma dúzia de mesas, talheres e pratos simples, copos de requeijão, um cardápio de poucas opções, porém com o toque italiano que Dornelas apreciava, além da oferta de cachaças que forrava as prateleiras atrás do balcão, os preços e o café, que Vito tirava como ninguém.

— Buona tarde, dotor. O que vae hodje?

— Um café, por favor.

— E una caninha?

— Ainda não — e se calou.

A lembrança da ex-mulher e o cansaço da noite mal dormida lhe caíram como um saco de areia sobre os ombros. Gostaria de ter de volta os momentos de calma que lhe traziam justamente isso, não como agora em que se via atolado até o pescoço num lodaçal de questões mal resolvidas entre ele e Flávia. Uma brisa quente entrou pela porta e trouxe com ela o odor nauseante da baía. Dornelas viu sua angústia tomar forma, ganhar consistência.

Absorto, tomou o café em silêncio enquanto assistia na TV pendurada ao lado da porta da cozinha a imagem mal definida de alguém parecido com ele, arrastando um homem pelo braço, para fora da baía, provavelmente captada pelo celular de algum visitante. Na frente, um repórter inexpressivo dizendo alguma coisa que ele não quis ouvir.

Pagou a conta, agradeceu ao Vito e saiu para a rua.

★

– Delegado, delegado, o senhor pode falar um minutinho sobre o corpo encontrado no mangue? – perguntou um sujeito com um bloquinho e uma caneta nas mãos que avançou sobre ele assim que pisou na delegacia. Dois tipos idênticos permaneceram sentados com a mesma expectativa nos olhos.

– Agora não.

O sujeito voltou a se sentar, amuado. Os outros dois olharam para ele com simpatia. Dornelas virou-se para Marilda.

– Algum recado?

– Não, mas tem uma mulher que quer muito falar com o senhor. Parece urgente.

Marilda apontou para o banco do outro lado da recepção onde estava sentada uma mulher com uma roupa coloridíssima e muito apertada, como uma segunda pele, impossível de esconder um milímetro sequer de um corpo firme, curvilíneo e compacto.

O traje começava nas canelas, subia pelas pernas, os quadris, a barriga, e dali se abria num decote de onde os seios, prensados como dois faróis de caminhão, pareciam prontos para escapulir.

– Boa tarde. Sou o delegado Joaquim Dornelas – disse estendendo a mão à mulher.

Ela apertou-a e num impulso ficou de pé, agarrou o decote e o puxou para cima.

— Encantada. Meu nome é Maria das Graças.

— Em que posso ajudar?

— Delegado, preciso muito conversar com o senhor!

— Você me dá quinze minutos? Passei o dia fora.

— Posso ajudar o senhor nesse crime de hoje de manhã.

Dornelas ficou surpreso.

— Por favor, me acompanhe até a minha sala.

Entraram, ele depois dela, e, ao avançarem pelo corredor de acesso às salas, Dornelas notou primeiro o silêncio absoluto para depois ver sua equipe, um depois do outro, ser transformada num esquadrão de estátuas em plena luz do dia: Solano segurava o telefone longe do ouvido, boquiaberto, Lotufo paralisou-se amarrando os sapatos e Caparrós tinha as mãos congeladas sobre o teclado. Vítimas da Medusa.

Enquanto a mulher entrava na sala e se sentava, o delegado viu brotarem, como cogumelos no corredor, as cabecinhas dos subordinados à procura de uma última espiada em Maria das Graças. Fechou a porta.

— Em que posso ajudá-la, senhora...? — perguntou estirando-se na cadeira. Estava cansado e não se constrangeu em demonstrar isso.

— Senhora não. Apenas Maria das Graças, por favor. Senhora me faz sentir mais velha do que sou.

— Me perdoe. Em que posso ajudá-la, Maria das Graças?

Ela apertou a bolsinha dourada entre as mãos.

— Sou irmã do José Aristodemo dos Anjos. E sei como ele morreu.

Dornelas pulou na cadeira como que picado por um marimbondo. Endireitou-se e encarou-a.

— Como disse?

— Exatamente o que o senhor ouviu. Sei como meu irmão morreu.

E ficaram assim, encarando-se por alguns segundos, em silêncio, quando Dornelas a pressionou:

— Então me diga!

– Não é tão simples assim.

– Como não? Ou se morre ou não se morre. O que há de complicado nisso?

A lógica levou Maria das Graças às lágrimas.

– Me perdoe, estou cansado demais. – Dornelas abriu a gaveta e tirou uma caixinha de lenços descartáveis. Maria das Graças não era a primeira e nem seria a última mulher a chorar na delegacia.

– Perdoado. É tudo tão recente – disse ela enquanto secava as lágrimas e assoava o nariz. – Há muito eu vinha me preparando para este dia, como se adiantasse alguma coisa. Quando chega, dói do mesmo jeito.

– Entendo o que diz – murmurou o delegado enquanto a imagem da ex-mulher voltava-lhe à mente. – A senhora quer um copo de água?

– Só Maria das Graças, por favor – disse fazendo um beicinho. Da bolsa tirou um espelho minúsculo e um lápis de olho e começou a retocar a maquiagem.

Dornelas puxou o telefone do gancho e discou três números.

– Marilda, peça para trazerem um copo de água à minha sala, por favor.

– É pra já, doutor.

Bastaram dois minutos para Solano se materializar na porta com um copo nas mãos. Em todos os seus anos de serviço na delegacia de Palmyra, Dornelas não se lembrava de tê-lo visto servir água na sua sala, ou mesmo em qualquer parte da delegacia, uma única vez sequer, para ninguém. O investigador colocou o copo sobre a mesa com um olhar comprido no decote da mulher.

– Obrigada.

– Disponha – disse Solano, docemente.

Dornelas fuzilou-o com os olhos e ele sumiu porta afora. Ela bebericou do copo e o colocou sobre a mesa.

– Meu irmão foi assassinado, delegado.

– Como sabe?

– Eu ouvi.

– Como assim, ouviu?

– Ouvi, como se ouve uma música.

– Explique, por favor.

– Bem, – começou ela, aprumando-se na cadeira – era tarde da noite, de madrugada talvez. Meu irmão dormia e eu estava no quarto ao lado do dele, trabalhando, se é que o senhor me entende. A campainha tocou, como sempre acontece. Eu estava ocupada. Ele se levantou para atender. Quando abriu a porta, alguns homens o seguraram e disseram para que não gritasse. Não demorou para ele urrar de um jeito abafado, como se tivessem enfiado um pano na sua boca. Depois injetaram alguma coisa e o levaram. Foi tudo muito rápido.

Dornelas lembrou-se do esparadrapo redondo na dobra do braço esquerdo.

– Como sabe que injetaram alguma coisa?

– Encontrei isso do lado de fora da porta de entrada.

Ela tirou da bolsa uma seringa descartável suja, ainda com a agulha, e a colocou sobre a mesa. Dornelas estudou-a como a uma peça de museu. Buscou um plástico transparente na gaveta e ensacou-a sem tocá-la.

– Vamos voltar um pouco. Explique melhor o que aconteceu depois que entraram.

Ela bebeu mais um gole de água.

– Primeiro, eles o seguraram e evitaram que gritasse. Depois de imobilizado o xingaram de tudo que é nome. Lembro de alguns trechos: "é pra tu aprendê uma lição, seu viado", "fica na tua, filho de uma puta", "tu furô os olhos do patrão". Mais ou menos isso.

– Você viu quem ou quantos eram?

– Acho que uns três ou quatro... eu estava apavorada, delegado. Assim que entraram, eu e o meu cliente ficamos paradinhos, daquele jeito mesmo, ele em cima de mim, que de tão ofegante até escondeu o rosto no travesseiro. Meu coração queria pular pela boca. Pensei que fossem entrar no meu quarto e matar nós dois também. Depois eu ouvi: "é isso aí, meu irmão, fica mais calminho e vê se tu leva um papo com Jesus". De uma hora para outra não ouvi mais nada, ficou tudo calmo. Esperei um pouco, e, quando me senti segura, levantei da cama, fui até o quarto dele e não vi ninguém. Fui para a sala e nada. A porta da entrada estava aberta. Saí e encontrei a seringa no chão.

— Você suspeita de alguém?

— Posso fazer uma lista, se quiser. Acho que não vai ajudar em muita coisa.

— Por que diz isso?

— Metade da cidade vai constar nela.

— Explique-se.

— Meu irmão estava envolvido com drogas já fazia algum tempo. Ele se envolveu com muita gente, e gente muito ruim.

— Você pode me dar um nome?

Maria das Graças debateu-se no lugar. Parecia querer recuperar o fôlego que começava a lhe faltar.

— Assim, de imediato, ninguém — respondeu num guincho.

Dornelas se calou. Largado na cadeira, imóvel, mergulhou para dentro de si e foi confirmar instintivamente a conclusão a que chegara: a de que ela mentia despudoradamente. Ao farejar desconfiança no ar, Maria das Graças agarrou a bolsa e se levantou, queria dar a conversa por encerrada.

— Quero o nome do seu cliente.

A mulher largou-se de volta na cadeira como um saco de batatas.

— Sigilo profissional, delegado, se é que me entende.

— Posso prendê-la agora, por obstruir as investigações. O que acha disso?

Ela não demonstrou surpresa com a possibilidade, mas como precisava voltar ao trabalho, abriu a bolsa, pegou o celular e nele apertou algumas teclas.

— Aqui está, Raimundo Tavares. O senhor pode anotar?

Dornelas pegou caneta, papel e assim que leu o nome na telinha do aparelho, lembrou de já ter ouvido ou lido sobre ele em algum lugar. Copiou tudo, ressabiado.

— Por favor, seja discreto. Ele é casado.

– Não pretendo discutir as razões de ele ter contratado seus serviços. Tenho certeza de que são de grande valor.

Maria das Graças iluminou-se toda. Voltaram-lhe o sorriso e o brilho nos olhos.

– Me diga uma última coisa: o seu irmão tinha algum apelido?

– Essa é fácil. Em casa ele sempre foi o Dindinho.

– E fora de casa?

– Que eu saiba, não.

– Nunca ouviu falar em Zé do Pó?

– Já, mas nunca soube que tivesse alguma coisa a ver com meu irmão.

Dornelas suspirou resignado.

– Façamos o seguinte: fique com o meu cartão e me ligue se souber ou ouvir qualquer coisa a respeito.

Ela guardou o cartão na bolsa.

– Vou acompanhá-la até a sala do escrivão para que ele registre o seu depoimento.

Hildebrando, responsável pelo setor, tomaria a noite toda para escrever aquela história.

– E obrigado por ter vindo. Como faço para encontrá-la se eu quiser falar com você?

Ela sorriu com malícia, abriu a bolsa, tirou um cartãozinho roxo e entregou a Dornelas.

– Vinte e quatro horas, delegado. *Hablo español.* Arranho no *english*. Disponível para viagens. Basta ligar – disse piscando os olhinhos como naquela brincadeira do beijo de borboletas que sua filha costumava fazer com ele.

★

Dornelas voltou para sua sala, seguido de perto por Solano, Lotufo e Caparrós que, de tão impressionados com Maria das Graças se espremeram na porta para ver quem entrava primeiro. Depois de um dia puxado, a patetice dos seus investigadores o divertiu e o fez pensar como gostava de trabalhar com eles. Aquela era uma equipe unida, compacta, que carregava no currículo uma lista respeitável de crimes resolvidos, digna de inveja em delegacias de cidades muito maiores.

— Quem é ela? — suplicou Solano, em tom conspiratório.

— Irmã do morto — respondeu Dornelas, ajeitando-se na cadeira.

— Não me diga. E quem era ele?

— Eu é que pergunto. Você conseguiu identificá-lo?

Solano fechou a cara e olhou para o chão, amuado.

— Ainda não. No cartório de registro daqui ele não aparece. Deve ter vindo de algum outro lugar. Estou procurando.

Diferente de diversas capitais do país, onde o sistema de registro já entrara a passos largos na era da informática, o de Palmyra ainda se arrastava para fora da revolução industrial com suas fichinhas amareladas e registros digitados em máquinas de escrever.

Com uma pontinha de maldade — faltava-lhe o veneno a escorrer pelos cantos da boca — Dornelas tirou lentamente um lápis da gaveta, puxou o bloquinho de notas de perto do telefone e começou a fazer alguns rabiscos. Os três olhavam para ele como filhotes de passarinho à espera da mãe lhes enfiar uma minhoca goela abaixo. Levantou o bloquinho. Estava escrito: José Aristodemo dos Anjos.

O olhar interrogativo permanecia no rosto dos três.

— E Zé do Pó?

— Tá de sacanagem, delegado — desabafou Lotufo jogando as mãos para o alto.

— Eu sabia disso antes de conversar com ela. O vereador Nildo Borges me contou.

Os três se aproximaram da mesa, Solano e Lotufo ocuparam as cadeiras e Caparrós ficou atrás, de pé.

— E como ele sabia? — perguntou Solano.

— Isso é o que me intriga. Diz ele que um eleitor o informou. Ao que parece, o José Aristodemo dos Anjos, ou Zé do Pó, ou Dindinho, que era o apelido em casa, como disse a irmã, é mais uma vítima da guerra do tráfico. Mas uma coisa é certa: se ele fosse um zé-ninguém, um vereador e a suposta irmã não teriam aparecido tão depressa para identificá-lo e contar como ele morreu.

Um silêncio se seguiu por alguns segundos. Lotufo arregalou os olhos, correu para sua sala, ricocheteou como uma bola e voltou com um papelzinho nas mãos.

– O senhor disse José Aristodemo dos Anjos?

– Hum, hum.

– Encontrei um registro nesse nome na Casa de Saúde. Ontem à tarde esse cara fez um teste de A1c.

– Em português!

– É o exame que mede o nível de hemoglobina glicada.

Dornelas permaneceu no limbo. Lotufo prosseguiu:

– Esse exame avalia a quantidade média de açúcar encontrada no sangue até três meses antes do exame de glicemia. O de glicemia só informa a taxa de glicose no dia em que o sangue foi coletado.

Um imenso holofote se acendeu na mente de Dornelas, tão claro que Lotufo conseguiu ler seus pensamentos.

– Isso mesmo, delegado. O homem era diabético.

Como um raio, Dornelas puxou o telefone.

– Marilda, ligue para a doutora Dulce, por favor.

– É pra já, delegado.

Enquanto Marilda não transferia a ligação, Dornelas orientou os trabalhos para que seus agentes revirassem o passado de Nildo Borges e Marina Rivera, e que enviassem com urgência a seringa encontrada por Maria das Graças ao pessoal da Perícia.

– Quero esse tal de Raimundo Tavares aqui na delegacia na primeira hora da manhã.

O telefone tocou. Dornelas atendeu no viva-voz para que todos acompanhassem a conversa.

– Delegado, a doutora Dulce.

– Pode passar.

– Joaquim, meu amor, é hoje que você vai me levar para jantar?

Enquanto seu raciocínio se espatifava a pleno vapor contra uma parede de concreto, num bote Dornelas arrancou o fone do gancho desligando o viva-voz.

Dulce Neves, a legista-chefe do Instituto Médico Legal, nutria uma paixão mal disfarçada por ele desde que Dornelas se casara. Quando soube da separação, ela mal podia se conter de felicidade. Não tardou para oferecer um ombro amigo e afetuoso, educadamente repelido.

– Nove horas, no Bar do Vito? – rebateu Dornelas, embaraçado.

– Nove e meia. Preciso fechar esse "presunto" que você me mandou e passar em casa para um chuveiro e roupas limpas.

– Ate lá, então.

Desligou. Seus agentes assistiram à cena, boquiabertos.

– É hoje que o senhor vai passar pela necrópsia da doutora Dulce? – ironizou Solano que o conhecia bem e gozava da intimidade do delegado.

Dornelas se levantou, pegou o celular sobre a mesa e enfiou-o no bolso, carrancudo. Disse:

– E uma última coisa: quem trocar uma palavra sequer com os jornalistas vou mandar para o Rio de Janeiro com um chute no rabo.

Os três olharam para ele como cães recém surrados pelo dono.

Saiu.

★

– A que horas termina a vazante? – perguntou o delegado ao seu amigo Claudio, pescador experiente, morador da ilha dos Macacos e dono de um pesqueiro antigo e surrado. Janua era o nome do barco. Sempre que podia, Dornelas saía com ele para pescar anchovas e bicudas, fora da baía.

– Nessa época do ano, perto das oito – respondeu Cláudio.

– Cinco está bom pra você?

– O senhor é quem manda, delegado.

Apertaram as mãos e Dornelas seguiu para casa.

Capítulo 5

Passava das oito quando Dornelas virou a chave e ouviu Lupi ganindo do outro lado da porta. Àquela hora a barra do sofá estaria ensopada. Isso era certo.

Largou o molho de chaves sobre a mesinha da entrada e acionou o botão de recados na secretária eletrônica; surgiu a voz da ex-mulher reclamando de pensão ou algo assim.

Interrompeu a gravação, passou a mão no telefone e ligou para a casa dela. Para falar com os filhos, Roberta e Luciano, de doze e dez, valia o risco de ter que ouvir a ladainha mais uma vez. No segundo toque, uma voz eletrônica o instruiu a deixar um recado. Desligou.

Serviu-se de um copo de Canarinha, sua cachaça favorita, curtida no pequeno tonel de jequitibá rosa, com torneira de madeira e aros de cobre, herança do avô paterno, e largou-se no sofá.

Nem o xixi do cachorro, que apoiava a cabecinha no seu colo, nem a angústia do jantar com Dulce Neves evitaram que ele se aninhasse nas almofadas e mergulhasse em sono profundo em poucos minutos.

★

Perto das dez, sentiu alguma coisa subindo pela perna esquerda, uma barata, uma aranha talvez, e pulou para fora do sofá debatendo-se no ar num espetáculo circense dos bons. Demorou a perceber que o celular vibrava sem parar no bolso da calça.

Envergonhado e sentindo-se idiota pelo *show*, ainda bem que assistido apenas pelo cachorro, atendeu a ligação.

– Você é um merda, Dornelas – disse Dulce Neves com escárnio, do outro lado da linha.

– Em dez minutos estarei aí. Peça um peixe grelhado para mim.

Desligou e saiu ainda zonzo, aos trambolhões, dando com o ombro no batente da porta.

★

– Você está linda – disse Dornelas a Dulce, numa atuação sofrível, depois de beijá-la no rosto e se sentar diante dela no restaurante.

– Obrigada – ela rebateu docemente – Pedi um capucho grelhado com brócolis ao alho e óleo para você.

– Perfeito, obrigado. Desculpe o atraso. O dia foi de lascar. Dormi muito mal na noite passada e esse crime de hoje ainda vai me dar muito trabalho...

Dornelas não queria ir direto ao ponto, perguntar ostensivamente sobre o crime, com medo de que Dulce recuasse. O melhor era oferecer a isca aos poucos, para que ela fosse mordendo pelas beiradas antes de fisgá-la de uma vez.

– Faz muito tempo desde a última vez que nos encontramos – disse ela apoiando o queixo sobre as mãos espalmadas e olhando ternamente para ele.

– Séculos, segundo as minhas contas – Dornelas retrucou e desviou os olhos por sobre os ombros de Dulce, para a TV no canto do bar.

– Você ainda estava casado.

– Acho que sim – murmurou com os olhos grudados na telinha. A atenção do delegado lhe fugia.

– Você está bem? – acrescentou na tentativa de resgatá-la.

– Levando.

– Como está se saindo na vida de solteiro?

– Arrã.

– Se você quer assistir televisão apenas diga, que levanto e vou embora!

Dornelas se deu conta da grosseria e voltou-se para ela.

– A novela está nos últimos capítulos. No final da semana termina e quero saber quem matou o figurão e fugiu com o dinheiro!

– Virou noveleiro agora, Joaquim?

– Para um homem solteiro como eu, falta o que fazer à noite.

– Se lhe faltam ação e emoção, talvez eu possa ajudar.

Lá vinha ela tentando seduzi-lo novamente. Em consideração e respeito à amiga, era chegado o momento de colocar sua alma na conversa, mesmo sob o risco de Dulce se ofender e sair.

– Agradeço, mas não estou pronto para embarcar em outro relacionamento. Ainda não, pelo menos. Meu casamento não terminou bem e sinto uma saudade imensa dos meus filhos. Tenho vontade de abraçá-los dia e noite e eles não estão por perto. Isso não significa que eu não goste de você, mas agora não dá. Sinto muito.

As palavras dele, verdadeiras e duras, tiraram Dulce da fantasia cor de rosa com Dornelas e estabeleceram as bases para um tipo de relacionamento que ela não esperava. Para uma mulher que lidava diariamente com a crueza da vida e da morte, Dulce absorveu o baque com dignidade.

– Obrigada pela sinceridade – disse com pesar. – Você quer saber a *causa mortis* do cadáver que me mandou, correto?

Dornelas sentiu-se nu em praça pública. Envergonhado até os ossos, não teve coragem sequer de fazer que sim com a cabeça.

– Você bebe vinho? – indagou na expectativa de escapar do embaraço.

– Branco, por favor.

Diante de tanta canastrice, ele queria penitenciar-se com ela e um bom vinho era o mínimo que poderia oferecer. Chamou o garçom, pediu a carta de vinhos, escolheu a cepa, a safra e a marca – sem esquecer o bolso – incluiu duas garrafas de água mineral, deu uma última olhada na televisão e voltou-se para Dulce.

– O homem era diabético, Joaquim. Morreu por causa disso. Mas o estranho é que encontrei uma dose altíssima de insulina no sangue, o suficiente para derrubar um cavalo. Com o excesso de insulina, a glicose sumiu e ele entrou em coma hipoglicêmico, idêntico ao coma alcoólico. O estado de inconsciência foi tal que ele teve as atividades cerebrais paralisadas, conservando apenas a respiração e a circulação. Sem uma injeção de glicose na veia, ele passou dessa para melhor.

– Você encontrou alguma outra substância, alguma droga?

– Resquícios de maconha apenas.

– A que horas você acha que ele morreu?

– Entre duas e cinco da madrugada.

– Depois de quanto tempo em estado desse coma que você falou... ?

– Hipoglicêmico.

– Esse mesmo. Depois de quanto tempo você acha que ele morreu?

– Difícil dizer. Algumas horas. Depende do nível do coma, que é diretamente proporcional à dose de insulina que ele tinha no sangue, que volto a dizer, era cavalar.

– Dá pra saber quanto tempo?

– Foi rápido, entre uma e três horas.

– Suicídio?

– Acho difícil.

– Por quê?

– Ele tinha uma marca roxa nas costas, provavelmente o local onde foi injetada a insulina. Doses grandes geralmente deixam uma lesão roxa no lugar da agulhada. Além do mais, se você quer cometer suicídio com insulina, você não aplica a injeção nas próprias costas. É bem mais fácil num braço, numa perna ou mesmo numa nádega, que é o local mais usados pelos diabéticos.

– Obrigado.

Os pratos chegaram. Dornelas temperou o capucho com limão e azeitou os brócolis sem economia. Dulce foi servida de *penne ao pommodoro* salpicado com folhas de manjericão, no melhor estilo que a mulher do Vito podia conceber, próxima do divino, segundo a amiga. Comeram em paz, colocaram o papo em dia, esvaziaram a garrafa de vinho.

– Você ainda é um merda, Joaquim. Mas um merda de quem não canso de gostar – disse ela, já na rua

– Posso acompanhá-la até a sua casa?

– Não precisa. Vou passar em um lugar antes de ir para lá. Dulce se aproximou dele e beijou-o na face.

– Boa noite e cuide-se, delegado Joaquim Dornelas – as palavras foram lançadas no ar cobertas de açúcar.

– Obrigado. Cuide-se você também.

E quando ela se virou para ir embora.

– Você está mesmo linda.

– Vou fingir que acredito.

★

Dornelas se sentia no fundo do mar quando o despertador tocou às quatro da madrugada. A cabeça lhe doía às marteladas e o corpo parecia não lhe pertencer. Um estranho manequim.

Levantou da cama num impulso desajeitado e partiu cambaleante para o banheiro. Lupi, enroladinho no tapete ao lado do chuveiro, não se moveu quando o delegado entrou para mijar e matar a sede na torneira da pia, numa conchinha que fez com as mãos. Saciado e parcialmente refeito, Dornelas vestiu roupas velhas, calçou o par de botas de borracha, pegou o boné e a lanterna, conferiu as pilhas e saiu.

Voltaria após o nascer do sol para levar o cachorro para passear.

★

Uma brisa leve e fresca soprava sobre a baía fazendo balançar preguiçosamente os barcos ancorados no mar e presos ao cais.

Vistos de longe, pareciam bercinhos num ninar incessante. O encrespado das marolas refletia a luz morna da lua, àquela hora baixa no céu, pronta para mergulhar no mar e adormecer. A cena tinha tudo: forma, ação e conteúdo de uma imensa pílula para dormir.

Como um boneco mal articulado, Dornelas seguiu aos trancos até a prainha da entrada do cais, além do ponto de onde foi retirado o cadáver no dia anterior. Marcaram de se encontrar ali.

Numa manobra trabalhosa, o corpo pesado, o delegado se sentou na mureta, jogou as pernas para o lado do mar e se assustou com a figura de um homem deslizando na sua direção. Teria bebido a ponto de enxergar um profeta caminhando sobre a água? Esfregou os olhos, se esforçou para clarear o raciocínio e reconheceu Cláudio remando a canoa caiçara de pé, vindo da ilha dos Macacos.

– Bom dia, delegado – disse o amigo ao pular na praia.

Dornelas mastigou a resposta e desceu para a areia. Cláudio arrastou a canoa para o seco e perguntou:

– Para onde vamos?

– Subir o canal, para além da curva do mangue.

Dornelas se esforçava para dominar o sono, não queria soar antipático. E com o receio de se esborrachar na água àquela hora da madrugada, subiu na canoa e se sentou no fundo. O amigo empurrou o barquinho para a água, saltou para dentro e saiu remando de pé. Cláudio tinha o domínio e a leveza de um equilibrista na corda bamba.

– Onde você aprendeu isso? – perguntou Dornelas, admirado.

– Isso o quê?

– Remar de pé?

– Meu pai, doutor.

– Nunca caiu?

– Duas ou três vezes... essas malditas lanchas!

Tendo a curiosidade satisfeita, o delegado resolveu fechar a boca assim que notou o traseiro encharcado. A cada remada o restinho de água que escorria no fundo do casco, indo e voltando, ensopava-lhe as calças.

Deu de ombros e se deixou levar pelo céu estrelado, pela mancha escura das montanhas atrás da cidade, o Centro Histórico, as casas de janelas fechadas, as luzes da rua ainda acesas. Baixou os olhos e ficou admirado com a luminescência débil das noctilucas que se agitavam no arrasto de cada remada, como se navegasse numa nave espacial luminosa. O barulho do remo cortando a superfície e o suave murmulho da água era tudo que ouvia.

Lembrou da infância, das pescarias de lulas que fazia à noite com zangarilhos luminosos. Ele e o pai. Voltou-lhe fresca a felicidade de se ver imundo com a tinta preta que as lulas cuspiam ao serem içadas da água. No dia seguinte, arrancava a fina pele, as pinças e os bicos, sua mãe picava as cabecinhas em rodelas e as fritava empanadas com os pequenos tentáculos. Crocantes, ao ponto, as lulinhas eram regadas com limão e devoradas como aperitivo, antes do almoço.

— Direita ou esquerda, delegado?

A pergunta tirou Dornelas do transe num estalo. Àquela altura, era possível ver nitidamente os troncos magros do mangue, suspensos sobre o emaranhado de raízes agarradas na lama negra como mãos demoníacas; um mangue pequeno, que terminava subitamente no lamaçal usado pelos moradores da ilha para içar as canoas.

— Nenhum dos dois. Solte o barco rio acima, no meio, entre a prainha de lama e a cerca.

Do outro lado do canal, a cerca de arame farpado protegia uma mansão de veraneio, o que completava o contraste da cidade: a riqueza e a pobreza, frente a frente, separadas por um canal lodoso, imundo e fedido.

Cláudio passou um pouco do ponto indicado, girou a canoa numa manobra hábil, largou o remo sobre o piso e se sentou.

A maré faria sua parte.

— O senhor já sabe o nome do morto que tirou da baía? — perguntou o pescador.

Amigo fiel de longa data, Dornelas confiava nele de olhos vendados.

– Zé do Pó. Já ouviu falar?

– Vagamente.

Devagarinho, de forma quase imperceptível, o repuxo da maré vazante que suga a água de volta para o mar, começou a arrastar a canoa rio abaixo, para a boca do estuário.

– E José Aristodemo dos Anjos?

Os olhos do amigo se arregalaram de assombro, seus músculos se contraíram como que preparando o corpo para uma pancada iminente. Passado o susto inicial, e se vendo na presença do delegado, Cláudio relaxou e desabafou:

– O Demo? Esse era brabo, doutor.

Como o Demo?, perguntou-se Dornelas. Será que além de Dindinho e Zé do Pó o homem tinha mais esse apelido? Aguçou os ouvidos e dobrou a atenção.

– Mas eu não sei nada sobre isso não.

E o amigo se fechou, como uma ostra. Agarrado nas beiradas da canoa, Dornelas levantou-se a meio do fundo e se sentou no assento em que apoiava as costas.

– Cláudio, por favor, é importante que você me conte tudo o que sabe sobre esse homem.

O amigo o olhou pensativo, apanhou um emaranhado de fio de pesca no piso, achou a ponta, começou a desembaraçá-lo entre os dedos e enrolá-lo em volta de um toco de madeira.

– O que o senhor quer saber? – respondeu de olhar baixo.

– Tudo. Em primeiro lugar se você tem certeza de que o apelido do José Aristodemo dos Anjos era Demo.

– Esse era o apelido dele na escola.

– Você o conhecia bem?

– Ele estudou na minha classe, quando éramos meninos. Mas não durou muito não. Aquele era ruim desde pequeno, nasceu assim. Meu pai tinha uma frase que dizia: pau que nasce torto, cresce torto. O Demo logo saiu da escola, foi se meter com uma turminha braba da ilha, envolvida com tóxico. Depois disso, cruzei muito pouco com ele.

Uma vez que Solano estava com dificuldade para encontrar documentos em nome de José Aristodemo dos Anjos, a identificação se baseava, até aquele momento, nos depoimentos de um político e de uma mulher que se dizia irmã do morto. Se Demo, Zé do Pó e Dindinho eram a mesma pessoa, Dornelas confirmaria mais tarde, mas a relação com o tráfico já era um ponto em comum entre os três apelidos.

– Você nunca ouviu falar em Zé do Pó?

– Ouvi sim, mas nunca soube que o Demo e o Zé do Pó eram a mesma pessoa.

– Eu também não sei. Estou apenas supondo. Você sabe em que tipo de tráfico ele estava envolvido?

– Não sei não, delegado. Num entendo nada de tóxico. Mas sei que tem muito pescador da vila que se envolveu com esse homem.

– De que forma? – perguntou sem pensar, para se arrepender em seguida. Temeu que sua ansiedade afugentasse a disposição do amigo que, até aquele momento, ainda relutava em colaborar.

– O mar tá ruim de peixe, delegado. Não tem mais nada. Para ganhar dinheiro, os pescadores daqui tão fazendo qualquer coisa, qualquer negócio. Não se respeita nada, nenhum defeso. No caso do camarão, pescam o que tiver: sete barbas, rosa, branco, tudo miudinho assim – apertou o dedão contra a primeira falange do dedo mindinho.

Um novo silêncio. Cláudio parecia estar procurando as palavras no fundo da canoa enquanto desembaraçava a linha entre os dedos e a enrolava maquinalmente em volta do toco.

Dornelas o respeitou calado, porém mantendo sobre o amigo a mesma atenção implacável que uma serpente dedica à sua presa. Passados alguns minutos, o pescador retomou:

– Esses homens não pensam no amanhã. A única coisa que importa é o que vão pegar hoje. Tão dando um tiro no próprio pé e vão acabar com tudo que tiver no mar. Daqui a pouco vamos ter de mudar de profissão, por que não vai ter mais nada para se pescar. E quem respeita a lei, delegado, ou vive na miséria como eu, ou faz negócio com gente como o Demo.

No topo das montanhas, atrás da cidade, já se percebia a claridade tênue do sol que saía lentamente do seu refúgio noturno.

– Os pescadores revendiam a droga dele?

– Que nada. Ele é quem comprava dos pescadores para distribuir na cidade.

Aquela modalidade dos traficantes era novidade para Dornelas. Infelizmente – e na maioria das vezes – os traficantes andavam na frente da polícia em matéria de criatividade para fazer a droga se espalhar pelo município.

Durante muitos anos, os esforços no combate ao tráfico se concentraram em apreender as drogas que entravam na cidade pelas estradas, nas malas dos turistas que viajavam de ônibus, de carro, moto e mesmo nos táxis, com passageiros e motoristas.

As apreensões por mar eram menos frequentes, um ou outro pescador, casos isolados, ou mesmo algum forasteiro, caíam nas redes da justiça. Geralmente, quando a polícia descobria previamente algum descarregamento grande nas imediações da cidade, no cais ou nas praias adjacentes, as apreensões eram sempre feitas em terra, nunca no mar. A estratégia era pegar os vendedores e os compradores em flagrante, na mesma operação.

Os barcos de pesca, por sua vez, são inspecionados pelas autoridades assim que aportam no cais. As cargas seguem depois para o processamento nas empresas pesqueiras e para as peixarias da cidade.

– Ele tinha alguma ligação com o Porteiro?

– Esse eu não conheço – respondeu o amigo assim que a canoa tocou pela primeira vez o fundo do canal. Bastaram dez metros para o barco atolar por completo, não muito longe do lugar onde o corpo fora encontrado na manhã anterior.

Satisfeito, Dornelas agarrou o remo sobressalente e ajudou Cláudio a tirá-los dali enquanto a água não secava de vez. Àquela hora o céu já apresentava matizes em tons pastéis que sumiriam tão logo o sol reinasse absoluto sobre a cidade. Nas ruas já se notava o movimento de gente circulando, a pé e de bicicleta, e de cães se espreguiçando e mijando nas árvores da praça, em frente à Antiga Cadeia.

– Você pode ir comigo ao IML para identificar o corpo? – perguntou Dornelas antes de saltar da prainha para cima do cais.

– Não gosto de ver gente morta não, delegado. Mas se é pra ajudar o senhor, pode contar comigo.

– Obrigado. Ligo para você para combinarmos o horário. Um bom dia para você.

– Outro para o senhor.

E saiu caminhando para casa.

★

Chegou esbaforido à beira do canal e lá não encontrou ninguém. Sobre o mangue seco pôde ver o corpo denunciado anonimamente, momentos antes na delegacia.

Olhou em volta e estranhou o fato de ver-se completamente só naquele ponto da cidade, lugar onde sempre se encontra alguém, a qualquer hora do dia ou da noite. Não havia multidão, carro de polícia, de bombeiros, nem nenhum dos seus investigadores. Ninguém.

Instintivamente, pulou no mangue, pois sabia que a maré subiria em pouco tempo e o corpo se perderia caso isso ocorresse.

Esforçou-se para andar na lama negra e cruzar a distância entre a mureta e o cadáver. Cansado, se aproximou do corpo e reconheceu a bermuda bege e imunda, a camisa cor de laranja aberta e empapada sobre a lama, os braços abertos como os do Cristo Redentor.

Notou o *band-aid* redondo na dobra interna do braço esquerdo, lembrou do exame de sangue e da doença. Tudo igual, não fosse um pano negro que lhe cobria a face. Sem hesitação, Dornelas puxou o tecido e viu a sua cabeça, o seu rosto, presos ao corpo do cadáver. Num instante, os olhos se abriram arregalados, o encararam e um sorriso perverso se estampou na face.

Assombrado, debateu-se entre os lençois e se levantou da cama, ofegante e suado. Correu para o chuveiro e dedicou-se a um banho longo e muito quente, capaz de depenar um frango. Vestiu-se, saiu do quarto, desceu e encontrou Neide varrendo a sala.

– Tá de folga hoje, delegado?

– Fiz plantão de madrugada.

– Quer que eu prepare alguma coisa, ovos mexidos, pão frito?

– Não é preciso. Vou comer um goró.

Goró, diferente da cachaça, era uma receita de mingau que Dornelas trazia da infância. Um verdadeiro coringa em matéria de gastronomia, a receita de todas as horas em que a fome batia e não lhe sobrava tempo para saborear comida mais elaborada.

Numa cumbuca, juntou seis colheres de sopa de farinha láctea, duas de leite em pó e um copo de água. Substituiu o leite puro por água assim que descobriu que leite em pó e leite, na mesma receita, produziam uma mistura bombástica capaz de lhe dar gases por um dia inteiro.

Deliciou-se em poucas colheradas e raspou o fundo da cumbuca, para espanto da diarista, que olhava para ele boquiaberta.

– Um homem criado desse jeito comendo essa meleca, doutor!

– Você deveria experimentar um dia desses.

– Virgem Mãe de Deus.

Visivelmente enojada, Neide jogou a flanela sobre o ombro, agarrou a vassoura e virou-se para retomar a faxina. Dornelas deslizou para fora de casa e preocupou-se com sua reputação caso Neide contasse para meia cidade a história do seu mingau.

Capítulo 6

Com o sono em dia, banho tomado e barriga cheia, Dornelas cruzou a porta da delegacia transpirando satisfação.

– Boa tarde, delegado – disse Marilda.

– Boa tarde, Marilda. Algum recado?

– O Delegado da Seccional ligou e pediu retorno urgente.

– Obrigado.

Quando ele se virou para seguir para sua sala, Marilda o interrompeu.

– Delegado, chegou um homem, Raimundo Tavares, às noveda manhã. Solano e Lotufo estão conversando com ele na sala de reuniões.

Puta que pariu, pensou Dornelas, levando as mãos à cabeça. Ele esqueceu que havia pedido para Solano chamar o cliente de Maria das Graças na primeira hora da manhã. Cruzou a recepção, entrou no corredor e dirigiu-se para a sala de reuniões. Não encontrou ninguém. Foi para a sala de Solano e nada. Lotufo, nada. Voltou para a recepção.

– Marilda, onde eles estão?

– Não sei.

Foi quando escutou risadas espalhafatosas na copa, do outro lado da delegacia. Entrou e viu Solano, Lotufo e um homem em volta da mesinha com copos plásticos nas mãos, bebendo café e sorrindo contentes. As risadas sumiram assim que o viram. Mas como ele se atrasara mais de três horas, já passava do meio-dia e estava visivelmente constrangido, Dornelas entrou com a mão estendida para cumprimentar o sujeito, que presumiu ser Raimundo Tavares.

– Me perdoe pelo atraso, senhor Tavares. Fiz plantão na madrugada, perdi a hora e não tenho uma boa desculpa para lhe dar.

– Não tem problema, delegado – disse Raimundo ao apertar a mão de Dornelas. – Estávamos apenas jogando conversa fora.

– Vocês já pegaram o depoimento dele? – perguntou para Solano e Lotufo.

– Já – disse Solano, lacônico demais.

Dornelas ficou intrigado, como se houvesse alguma coisa escondida por trás daquela sílaba.

– Vamos conversar na minha sala – disse a Solano. E voltando-se para Tavares – É pedir muito para o senhor esperar mais um pouquinho?

Raimundo Tavares era um sujeito composto, cabelos cortados com critério, roupas de grife, ar discreto, educado no jeito de falar e de se portar. Dornelas encasquetou com a lapiseira e a caneta no bolso da camisa. Lembrou de um colega de escola, janota até a raiz, com quem brigava aos socos todos os dias. A marca registrada do menino era a canetinha e a lapiseira de coleção no bolso da camisa, presente do pai, um engenheiro em ascensão na cidade.

– Não tem problema. Já avisei no escritório que passaria a manhã toda fora.

– Obrigado. Conversaremos melhor daqui a pouco.

Dornelas saiu da copa, atravessou a delegacia, entrou na sua sala e se ajeitou na cadeira, atrás da mesa. Solano, que o seguia de perto, entrou depois dele, fechou a porta atrás de si e se acomodou numa das cadeiras de visitantes.

– E então? – perguntou o delegado.

– O homem está limpo, doutor.

– Como assim?

– Ele é casado, como Maria das Graças mencionou, mas a mulher está viajando desde a semana passada. Volta amanhã. Eles não têm filhos. Na casa moram apenas ele e a mulher. Existe uma empregada, uma diarista, que sai todos os dias às quatro da tarde depois de deixar o jantar pronto, no forno. Quer dizer, o álibi dele não pode ser confirmado por ninguém, a não ser por ele mesmo e Maria das Graças.

– Ele é cliente dela faz quanto tempo?

– Bastante, pelo que disse. A mulher dele, dona de uma loja de roupas femininas, viaja muito a trabalho. Ela compra as peças no Rio de Janeiro e em São Paulo para revender aqui com uma boa margem. Ele aproveita estas viagens para dar suas escapadas que, segundo diz, salvam seu casamento.

Um grandessíssimo filho da puta, esse Tavares, pensou Dornelas. *O cara não só pula a cerca como ainda consegue manter o casamento intacto*. Nos seus quinze anos com Flávia, Dornelas não a traiu uma única vez. Oportunidades não faltaram. O delegado, um boa pinta natural, não raro se sentia atraído por tipos distintos de mulheres, das santas recatadas às mais devassas.

E elas por ele.

Em certas ocasiões, só faltou que esfregassem as bocetas no seu nariz para que ele as levasse para a cama. Mas sempre que colocava na balança a trepada ou a família, polidamente recusava a oferta e seguia com a vida. Os dias seguintes eram de puro martírio, pois passava o tempo fantasiando as aventuras com a recusada e lidava do jeito que podia com a frustração.

De certa forma Dornelas admirava, ao mesmo tempo em que odiava, os homens que conseguiam manobrar essas situações com desenvoltura e uma boa dose de cara de pau. Naquele momento, abandonado pela mulher e com os filhos distantes, sentiu-se um verdadeiro idiota por não ter aproveitado as oportunidades que bateram à sua porta.

Quem sabe a mulher do Tavares também não tem um caso na capital, pensou com desdém.

– Ela sabe das andanças do marido enquanto está fora?

– Ele diz que não. Mas acha que a mulher suspeita de alguma coisa.

– Chame-o aqui.

Solano saiu e voltou minutos depois com Raimundo Tavares. O homem entrou. Solano saiu e fechou a porta.

– Por favor, sente-se – disse Dornelas.

– Obrigado.

Raimundo Tavares se sentou com elegância.

– Pelo que Solano me contou o senhor é cliente de Maria das Graças há muito tempo.

– Uns bons anos – disse ele cruzando uma perna sobre a outra enquanto guardava o celular no bolso da camisa, atrás da lapiseira e da caneta.

– O que sua mulher acha disso?

– Não sei. Nunca fiz essa pergunta a ela.

Dornelas descolou as costas da cadeira e avançou na direção dele.

– Vou ser mais direto. Qual será a reação dela quando souber?

A simpatia de Raimundo Tavares sumiu e um olhar negro, transbordando cinismo, apareceu.

– Acho que como toda a mulher, não vai gostar. Mas conhecendo-a como eu a conheço, desde que tenha as aparências intactas e dinheiro no banco, creio que tomarei umas palmadas na mão, sofrerei algumas semanas de greve de sexo e tudo fica por isso mesmo.

Aquele casamento era mais moderno do que Dornelas poderia supor. Por mais que tivesse raiva de Tavares, além de uma ponta de inveja, chantageá-lo daquela forma era um caminho moralmente inaceitável. Hora de recuar.

– O senhor tem como comprovar o álibi de que estava mesmo na companhia de Maria das Graças na noite do crime?

– Como disse ao seu investigador, não tenho. Não lembro bem que horas eram, mas suponho que estive com ela depois da meia-noite. Digo isso por que sempre tenho meus casos tarde da noite.

– Alguma razão em especial?

– Minha mulher dorme cedo, esteja onde estiver. Quando batem nove, dez horas, o seu corpo como que desliga e ela desmorona num sono acachapante. E sempre que viaja, me liga em casa antes de ir para a cama. Naquela noite, como em todas as outras, não foi diferente. O que faço é: espero a ligação dela, nos falamos, digo que vou ler um livro ou assistir a um filme, o que faço com frequência, desligamos, aguardo uma hora e saio. Sei que esse é o tempo necessário para ela dormir em paz. Não me lembro dela ter ligado depois disso. E convenhamos delegado, tenho as minhas aventuras, mas não saio de casa todas as noites.

Um profissional esse Tavares.

Depois de repassar ponto por ponto a história de Maria das Graças, Dornelas pôde perceber que ou o sujeito estudara com afinco a história que Maria das Graças lhe contou ou era ele mesmo quem se divertia com ela na noite do crime.

– Uma última pergunta. Em que ramo de negócios o senhor trabalha?

– Construção civil.

– Alguma especialidade?

– Estruturas de concreto, túneis, pontes, prédios. A Câmara dos Vereadores é obra minha – respondeu com orgulho.

Dornelas deu um salto na cadeira. Para não perder o fio de raciocínio que começava a se formar, levantou-se, com um aperto de mão desculpou-se mais uma vez pelo atraso, acompanhou Raimundo Tavares até a recepção e o despachou para a rua. No caminho de volta, cruzou com Solano e Lotufo.

– Quero conversar com os dois na minha sala. Onde está Caparrós?

– No banheiro – respondeu Lotufo.

– Chame-o também.

Assim que entraram, se depararam com o chefe animadíssimo, como que ligado em 220 volts. Aproximaram-se da mesa.

– Já recebemos o resultado da Perícia sobre o líquido na seringa?

– Insulina pura, delegado – respondeu Lotufo.

– Ótimo. Isso bate. Alguma coisa sobre Nildo Borges e Marina Rivera?

– Ainda não. Faltam informações que ficaram de me passar ainda hoje. Tão logo cheguem, trago para o senhor – disse Solano.

– Fechado.

Calou-se por alguns segundos e prosseguiu:

– Quero que investiguem tudo o que puderem sobre a obra da Câmara dos Deputados. O nosso amigo Raimundo Tavares, cliente de longa data de Maria das Graças, é quem construiu aquilo. Quero saber quem aprovou o projeto, prefeito, vereadores, tudo. E se existiu uma comissão de análise, quero saber quem presidiu. Fechado?

– Fechado – responderam os três a uma só voz.

Dornelas sentou-se e puxou o telefone do gancho. Discou três números. Visto que a breve reunião com o chefe havia terminado, os investigadores saíram. Lotufo fechou a porta atrás de si.

– Marilda, ligue para o doutor Amarildo Bustamante.

– É pra já.

Desligou. No seu cérebro, as sinapses trabalhavam a pleno. As informações da investigação, transformadas em impulsos elétricos, eram processadas num ritmo alucinante na mente do delegado, interligando-se numa intrincada teia de associações. Dornelas tinha pressa para preencher as lacunas existentes entre os fatos e as versões que obtivera até aquele momento, pois bem sabia que uma investigação envelhece como um mosquito, em poucos dias morre.

Se as possibilidades não são exploradas com certa pressa, as evidências desaparecem, a culpa adormece na alma do criminoso, a mídia esquece o assunto, a investigação perde o clamor do momento e era uma vez, vira história.

Uma polícia profissional e bem aparelhada não é capaz de manter o caso aberto apenas pela vontade. Sem a disposição de uma rede complexa de interesses ligados na opinião pública, na imprensa e na política, nada acontece. E mesmo quando a investigação aponta o criminoso com provas irrefutáveis, a burocracia da justiça faz a sua parte em ajudar o bandido a voltar para casa. O telefone tocou.

– Delegado, o doutor Amarildo no telefone.

– Obrigado.

Depois de alguns segundos, a voz grave do chefe surgiu do outro lado da linha.

– Joaquim, como vai você?

– Muito bem, doutor Bustamante.

– Esqueça o doutor. Somos chefe e subordinado, mas apenas entre nós, Joaquim e Amarildo. Que tal isso?

Amarildo Bustamante era o chefe direto de Dornelas, além de amigo de longa data. Formaram-se juntos na faculdade de Direito e nutriam uma admiração fraternal para com o outro.

O chefe, alguns anos mais velho, nunca foi um homem de ação, carência compensada por uma habilidade inata para o trabalho político, função que executava magistralmente nos meandros da polícia.

Ele fora nomeado fazia pouco tempo para o cargo de Delegado da Seccional pelo novo Diretor de Departamento, uma vez que toda a cadeia de cargos acima deste fora trocada depois da posse do novo Governador do Estado. É que a polícia, diferente de outros tempos, não é um órgão de Estado, mas de Governo, de situação.

Quando o topo da cadeia alimentar sofre alguma mudança, os peixinhos embaixo são prontamente substituídos. Dornelas, parte integrante da sociedade de Palmyra – a nata – junto com o padre, o promotor e o juiz, era peixe pequeno demais no organograma. E como era visto como um profissional íntegro, competente e que se dava bem com qualquer que fosse o poder instituído, nunca ninguém mexeu com ele, razão pela qual, fosse qual fosse o governo, ele sempre se manteve no cargo.

– Muito bem, por mim.

– Ótimo. Amanhã estarei em Palmyra para uma coletiva à imprensa às duas horas, no auditório da Prefeitura. É sobre o caso do cadáver encontrado no mangue.

Uma vez que o corpo ficou em exposição pública por algumas horas, a imprensa logo farejou sangue e caiu em cima do caso com voracidade. E quando soube que havia ligação com o tráfico de drogas, tema que fisga a sociedade no nervo, o prefeito logo se apoderou do assunto com o intuito de mostrar serviço.

Ao oferecer uma coletiva da polícia na sede da Prefeitura, Amarildo Bustamante estava não apenas saciando o apetite da imprensa, como permitindo que Dornelas fizesse o seu serviço longe dos olhos do público; que o prefeito lidasse diretamente com os jornalistas. Caberia à polícia apenas fornecer as informações da investigação. As que interessassem a ela, obviamente. Era uma posição bem mais confortável, da qual Amarildo não abriria mão.

— Estou à disposição, se precisar.

— Preciso muito de você lá. Pode deixar que lido com a imprensa. Mas antes quero me inteirar de tudo o que você sabe para que eu possa me preparar. Você pode falar agora?

— Vamos lá.

— Muito bem. A informação que chegou é de que o morto era um traficante conhecido do município: José Aristodemo dos Anjos, ou Zé do Pó, confere?

— Até o momento, sim.

— Explique-se, por favor.

— Ainda não conseguimos identificá-lo. Estamos verificando as fontes que nos deram essa informação. Encontramos dificuldades por não termos uma base única de dados, a pesquisa ainda é manual. O que quero dizer é que não consta nenhum registro sobre ele no município. Ou ele nunca tirou documento de identidade, o que não é de todo impossível, ou ele nasceu em outro estado, ou o registro dele sumiu dos arquivos.

— Mas esta é uma acusação muito grave.

— Não tenho como fazê-la ainda. Mas farei se for necessário. Independente disso, o vereador Nildo Borges me disse quem ele era, e uma prostituta alegou ser irmã dele. Confesso que não confio, ou melhor, sou obrigado a não confiar em nenhum dos dois. Mas tenho plena confiança noutra fonte que estudou com José Aristodemo dos Anjos, o Demo, segundo ele, e não Zé do Pó, na escola municipal, quando criança.

— Essa parece mesmo a fonte mais confiável. Você pretende levá-lo para identificar o corpo?

— Amanhã de manhã, tão logo a doutora Dulce possa nos receber. Até lá, não posso dizer quem morreu.

— Bom, me avise assim que souber. Essa informação é crucial para a coletiva.

Bustamante tossiu e uma sucessão de ruídos estranhos surgiu do outro lado da linha. Bateu, pigarreou, assoou, cuspiu e continuou:

— Essas pastilhas para a garganta são infernais — falou de si para si. — Bom, me desculpe. Você já sabe a *causa mortis*?

— Consegui extra-oficialmente. Dulce Neves é uma amiga de longa data.

O sarcasmo de Bustamante produziu-se num misterioso *arrã* do outro lado da linha.

— Ele era diabético — continuou Dornelas ignorando a fisgada do chefe —, tinha uma dose muito alta de insulina no sangue, altíssima segundo ela, o suficiente para levá-lo ao óbito por falta de glicose no sangue.

— Nenhum rastro de droga?

— Vestígios de maconha.

— Isso é muito estranho.

— Concordo. Mas a dita irmã me entregou uma seringa que alegou ter encontrado do lado de fora da casa, perto da porta. A Perícia me informou conter insulina. Pelo que ela disse, a casa foi invadida no início da madrugada e alguns homens, não soube dizer quantos, seguraram o Zé do Pó, enfiaram algo em sua boca para que não gritasse e injetaram alguma coisa nele. Talvez a insulina da seringa.

— Ela pode estar mentindo quanto ao fato de ser a irmã, mas há de convir que a história da seringa, da injeção, faz sentido.

— Concordo também. Mas hoje interroguei o cliente que disse estar com ela no quarto vizinho, alguém que poderia confirmar o fato. Não estou convencido de que era ele mesmo quem dividia a cama com ela.

– Por que diz isso?

– Pura intuição. Por isso quero verificar outras fontes.

– Quais?

– O vereador Nildo Borges, por exemplo. Meu amigo, aquele que vai identificar o corpo no IML, disse que o Zé do Pó comprava drogas de pescadores e as distribuía no município.

– Nildo não é dono de uma empresa pesqueira por aí?

– O próprio. Preciso investigare se existe uma ligação entre Nildo e Zé do Pó.

– Cuidado, veja bem onde você vai se enfiar. Nildo é um político poderoso e influente em Palmyra, se bem que da oposição ao governo do Estado – ponderou o chefe numa breve pausa. – Peço que dê seus passos com muita cautela nessa área. Lembre-se que o nosso Governador substituiu o do partido dele faz pouco tempo e os ânimos ainda estão acirrados.

– Compreendo a situação. Agirei com cuidado.

– Mais alguma coisa?

– Sim, ao que tudo indica o corpo não foi arrastado mecanicamente ou jogado de um barco no local onde o encontramos. Estou convencido que ele foi jogado no mar de uma prainha de lama na ilha dos Macacos e de lá boiou até ficar preso na maré seca, no local de onde o retirei. Verifiquei hoje pela manhã durante a vazante e acredito que tenha sido isso mesmo que aconteceu.

– Você tem certeza de que ele estava morto quando foi largado?

– Pela hora aproximada da morte e o trajeto, quase cem por cento.

– Qual a hora aproximada do óbito?

– Entre duas e cinco da madrugada.

– Muito bem – o chefe fez uma pausa reflexiva. – Acho que isso cobre tudo, não?

– Creio que sim.

– Ótimo. Ligue para mim assim que o seu amigo

identificar o cadáver. Se não, nos vemos amanhã. Um abraço para você, então.

– Outro para o senhor.

– Senhor, não: você.

– Não consigo.

Desligaram.

★

Com boa parte da equipe em rodízio para o almoço, Dornelas se despediu de Marilda, saiu da delegacia e foi à loja de ampliações fotográficas para encomendar a impressão das fotos que tirou do cadáver, no dia anterior. Entregou o CD para a atendente, pagou a conta, enfiou o comprovante no bolso e lhe foi pedido que voltasse dali meia hora. Com tempo livre, resolveu passar no Bar do Vito.

– Buona tarde, delegado. Una caninha hodje?

– Tá muito cedo, Vito. Só um café, por favor.

Sentou-se e pôs-se a refletir, petrificado como uma estátua. Minutos depois, percebendo o estado meditativo do seu cliente, Vito deslizou a xícara sobre a mesa diante do delegado, como um fantasma. Com o olhar fixo no chão, os dedos beliscando levemente os lábios como se puxasse um fio de raciocínio de alguma área do cérebro, veio-lhe uma ideia. Tomou o café maquinalmente, pagou a conta e saiu.

Capítulo 7

Dornelas tocou a campainha, aguardou um pouco, a porta abriu e lá estava ela, bem menos interessante do que no dia anterior.

Seguindo seu treinamento na polícia, o delegado estudou-a cientificamente. Começou de baixo e foi subindo: sandálias surradas, joanetes nos pés, joelhos flácidos e ralados, bermudas puídas, avental branco e coberto de buracos. Foi subindo, subindo, até seus olhos se encherem de satisfação: na altura dos seios, a camiseta expandia-se para os lados e para frente, como um buquê. As curvas esticavam o tecido a ponto de projetar os bicos em alto relevo de um jeito interessante. Dornelas imaginou os seios em volume e forma, livres e soltos. Em mente, rodopiou. Subiu então para o rosto, notou a falta da maquiagem e ela o encarou, os olhos iguaizinhos a dois diamantes, cristalinos e de uma luz intensa, adquirida por anos imemoriais de sofrimento e resignação. Dornelas ficou encantado com o que viu para, no segundo seguinte, decepcionar-se com a estrutura de bobes nos cabelos.

– Que surpresa, delegado! – disse Maria das Graças passando a mão na cabeça com vergonha dissimulada. – Se o senhor tivesse avisado, eu teria me arrumado um pouquinho.

– Me perdoe, mas preciso conversar com você. Está ocupada?

– Maaaagiiiiinaa – ela encostou a vassoura no batente da porta e jogou os braços no ar. – Entre. Não note a bagunça. Estou fazendo uma faxina brava hoje.

Dornelas cautelosamente saiu do sol da tarde, cruzou a soleira e entrou num ambiente escuro. Enquanto seus olhos se acostumavam com a pouca luz do que parecia uma sala, notou o cheiro de tijolo molhado, cimento e massa plástica.

Era um cômodo espremido com apenas dois móveis: um sofá de três lugares de tecido azul diante de um armário não muito alto de fórmica branca, desses comprados em prestações de se perder de vista.

Uma TV de tela plana de 42 polegadas, tinindo de nova, chamou sua atenção. O aparelho ocupava de um lado a outro da parte de cima do móvel, e destoava do resto do ambiente, em especial de duas estatuetas de madrepérola, um unicórnio rosado e a de São Jorge espetando um dragão com uma lança. Na parte de baixo, atrás das portinholas envidraçadas, copos variados, duas pilhas de pratos e louças diversas.

– O pessoal da Perícia passou aqui pela manhã. Um tal de Chagas. Pode ser? – cortou Maria das Graças, procurando desviar a atenção do delegado, que estudava a casa sem perder um detalhe.

– Se ainda não me avisou, é ele mesmo – respondeu Dornelas, lacônico.

Maria das Graças esfregava as mãos no avental, aflita. Dornelas notou isso de canto de olho sem que ela percebesse. Se ateve às paredes.

Numa delas, poucas fotos. Todas antigas, em cor sépia, de homens e mulheres vestidos com roupas finas. Os homens, em sua maioria, usavam chapéu. Pelas sombras e expressões repuxadas nos rostos, pareciam ter sido tiradas sob sol escaldante.

Concentrou-se na maior, na que havia cinco pessoas enfileiradas. Um homem no centro se destacava dos demais. Ele era o mais alto, usava terno preto, chapéu de cangaceiro e projetava confiança. À sua esquerda, havia dois homens que, embora vestidos da mesma forma, não usavam chapéu. Pareciam acanhados. À sua direita, havia duas mulheres de vestidos brancos de renda e olhares submissos. Com a curiosidade atiçada, Dornelas perguntou:

– Parente seu?

– Meu avô – respondeu Maria das Graças. – Os dois homens são seus irmãos. A mulher logo ao lado é a minha avó. A outra é esposa de um dos dois.

Maria das Graças aproximou-se do delegado e apontou o dedo para a foto ao lado, a de uma senhora de cabelos pretos bem penteados e cobertos por renda branca sentada num banco com um bebê no colo, enrolado num tecido. Ao lado, de pé, um menino dos seus seis anos de calças curtas e camisa de gola.

– Minha mãe, meu irmão e eu.

– Onde está seu pai? – perguntou Dornelas à procura de uma foto que indicasse um homem que poderia se encaixar no perfil.

– Foi morto, pouco depois de eu nascer – respondeu Maria das Graças, com pesar. – Depois disso, viemos para cá.

– Quando aconteceu?

– 1972.

– Você pode me contar o que houve?

Ela saiu da sala e foi ao cômodo vizinho. Voltou arrastando uma cadeira com pés de metal prateado e assento e encosto de fórmica branca. Provavelmente esta e o armário faziam parte de um conjunto. Na cozinha, talvez as irmãs gêmeas e uma mesa.

– Sente-se, doutor – disse Maria das Graças, apontando para o sofá enquanto se ajeitava na cadeira.

Dornelas acomodou-se.

– A história é longa – ela disse.

– Tenho tempo.

Maria das Graças apertou uma mão na outra e começou:

– Meu avô foi do cangaço, sabe, em Pernambuco. Numa emboscada contra um pelotão da polícia, foi baleado e caiu. Depois de a batalha terminar, e quase todos morrerem, foram até ele e pensaram que estava morto. Largaram o homem lá, debaixo do sol quente. Horas depois, foi socorrido por uma família e sobreviveu. Dizem que o tiro nem foi tão sério, que ele fingiu para poder escapar. Com o pouquinho de dinheiro que tinha, aproveitou a chance e fugiu para Minas Gerais. Escondeu-se numa cidadezinha do interior e conheceu minha avó. Casaram e tiveram três filhas, minha mãe e minhas duas tias. Essa foto foi tirada muitos anos depois, numa festa de aniversário. Ele tinha muito orgulho por ter sido cangaceiro. Mas como gostava mais da vida que do cangaço, o chapéu foi tudo que guardou.

– Ele lutou ao lado de Lampião?

– Não. Quem entrava no bando de Lampião, só saía morto. Meu avô entrou para o cangaço pouco depois de Lampião morrer na Grota de Angicos, em 1938. Ele lutou com Dadá e Corisco, mas o movimento já estava muito enfraquecido. Ficou pouco tempo no cangaço.

Maria das Graças baixou os olhos, parecia procurar as palavras no chão. Levantou a cabeça e encarou o delegado antes de prosseguir:

– Minha mãe e meu pai se conheceram em Minas Gerais. Ele era mecânico. Pouco depois de eu nascer, um colega de trabalho o convenceu a se mudar com a família para São Paulo para trabalhar numa montadora de veículos.

A história da família de Maria das Graças vinha à tona com angústia e tristeza, como se saísse de um baú antigo e empoeirado que ela mantinha trancado no coração.

– Da indústria automobilística foi um pulo para ele se envolver com o movimento sindical – Lágrimas brotaram. Ela envolveu um dedo no avental e ameaçou levá-lo aos olhos. Em vez disso, concluiu: – A ditadura matou meu pai. Eu não o conheci, nem por foto.

Dornelas observou-a calado. Maria das Graças enxugou os olhos úmidos com um canto do avental.

– Depois disso – prosseguiu –, minha mãe nos trouxe para cá, pra longe daquilo tudo. E aqui vivemos em paz desde essa época... E agora, meu irmão...

Da cozinha, Dornelas ouviu o estalo de uma porta se abrindo e o tilintar de passinhos velozes sobre o piso de cimento. Um vira-lata malhado apareceu abanando o rabo, e, como uma flecha, grudou o focinho nas calças do delegado, que o acariciou sem medo. Em seguida, ouviu passos arrastados, um andar penoso, vindo de lá.

Demorou um pouco para que uma mulher encarquilhada cruzasse o vão da porta. Ela tinha os cabelos brancos e ralos, como uma nuvem, pele de um papiro seco e transparente que mal escondia as veias azuladas, visíveis nas canelas, nos braços e nas têmporas. Pareciam ramos de uma trepadeira em volta de um pedaço de pau. Dornelas levantou-se e estendeu a mão para ela.

– Muito prazer. Meu nome é Joaquim Dornelas. Sou delegado de polícia.

– Bom dia, delegado – disse a velha, que ignorou a mão estendida e cruzou a sala em direção da porta, que abriu e escancarou.

– Detesto essa porta sempre fechada. A casa é pequena. Me sinto presa aqui dentro – disse a velha.

Virou-se para Dornelas.

– O senhor é quem está cuidando do Dindinho?

– De certa forma, sim – respondeu meio sem jeito o delegado.

– Como assim, de certa forma?

Todo bandido é igual, pensou Dornelas. *Sempre existe uma mãe disposta a perdoá-lo, senão negar até o fim do mundo a culpa do filho, mesmo que este houvesse cometido crimes de guerra.* Em respeito a ela, Dornelas não queria ir direto ao assunto. Mas também não podia se esquivar da pergunta.

– Da forma que posso, encontrando quem o matou.

– O que disse? – retrucou a velha fazendo uma conchinha com a mão em volta da orelha esquerda. Dornelas notou o aparelho de surdez enroscado nela.

– Encontrando quem o matou – repetiu em voz alta.

– Ah, entendo – disse ela com tristeza, porém conformada.

Maria das Graças se levantou e foi até a cozinha. Retornou com outra cadeira, que colocou ao lado da primeira. A velha se sentou.

– Tô cansada de tanta morte nessa família, delegado – disse ela, pesarosa. – Tenho oitenta e oito anos. Vivi demais. Vi coisas demais. Tô cansada de ver as pessoas que amo sendo arrancadas da minha vida. Foi assim com o meu marido. E agora o meu filho. Chega de sofrimento.

Ela esticou um braço e agarrou as mãos da filha, emaranhadas no colo. Maria das Graças tinha o olhar baixo. Dornelas sentiu vontade de abraçá-la carinhosamente, mas aquela não era hora, nem lugar. Sentou-se de volta no sofá e prendeu sua atenção sobre a velha.

— Meu filho tinha o coração negro, delegado. Nasceu assim e foi assim até morrer. É uma bobagem a gente achar que escolhe o que fazer da vida. A vida é que escolhe o que a gente faz, para onde a gente vai. Meu filho nasceu traficante. O destino dele tava marcado, do berço. Quando nos mudamos para cá e aquela turma das drogas cruzou o caminho dele, logo vi que, mais dia menos dia, alguém da polícia cruzaria essa porta pra me dizer que ele morreu. A gente sabe. Coisa de mãe. Não tem como explicar, entende?

— Perfeitamente.

— A única alegria que tive é que ele durou mais do que eu esperava. Que ele vá em paz. Aleluia — a velha levantou os braços no ar, olhou para o teto, baixou a cabeça e se calou. Maria das Graças fez o mesmo. Dornelas ficou sem ação, preso a um silêncio constrangedor. Ele não queria soar insensível com a dor das duas, mas tinha um trabalho a fazer.

— Posso fazer algumas perguntas para a senhora? — perguntou ele, com cautela.

A velha suspirou e assentiu com a cabeça.

— Muito bem — Dornelas se ajeitou no sofá. — Vocês têm algum documento onde conste uma foto ou as impressões digitais do seu filho?

Mãe e filha se entreolharam.

— Que eu saiba meu irmão nunca teve documento de identidade — disse Maria das Graças, voltando-se para o delegado.

— Mas ele foi registrado logo depois de nascer, em Minas Gerais — completou a velha.

Levando em conta que nas certidões de nascimento não constam as impressões digitais das mãos, com alguma sorte constariam as impressões das solas dos pés de um recém-nascido o que, para Dornelas, na altura dos acontecimentos, seria um grande avanço. Por mais que fosse apenas um fiapo, aquele era o primeiro e único indício concreto de que José Aristodemo dos Anjos era o dono do corpo sobre a mesa de Dulce Neves.

– A senhora tem a certidão de nascimento dele por aí?

– Não sei onde está. Aliás, nunca vi meu filho carregando carteira, documento, nada.

– A senhora pode me dizer em que cidade ele nasceu?

– Aiuruoca.

Dornelas gravou a informação num arquivo da mente. E tão logo ponderou a burocracia que teria de enfrentar para obter o documento no interior de outro Estado, foi tomado por um desânimo atroz. Com otimismo, conseguiria a certidão em trinta dias. Um jeito simples de evitar o transtorno seria a delegacia dispor de verba para um exame de DNA do cadáver e da velha, de forma a comprovar se eram mesmo mãe e filho. O Instituto de Criminalística forneceria o resultado em algumas horas, no máximo dias. Mas esse era um tratamento exclusivo para celebridades.

– Obrigado. E uma chapa da arcada dentária, alguma foto recente?

Maria das Graças interveio.

– Nada, delegado. Nem recente, nem antiga. Só aquela que mostrei na parede. Ele não deixava que ninguém o fotografasse. Saía daqui de madrugada com óculos escuros e boné para dificultar que o reconhecessem. E só voltava tarde da noite, do mesmo jeito. Se alguém tirou fotos dele, só daqui pra fora.

Essa informação batia com os arquivos da polícia. Todas as fotos que tinham não revelavam nada, ou por terem sido tiradas no escuro, sem o uso de *flash*, ou por ele estar sempre paramentado.

– Onde ele trabalhava?

– Num casebre no meio da ilha, um buraco escuro. Não sei onde fica, nunca fui até lá. Sei apenas que ele se fechava naquele cafofo durante o dia todo, recebia os clientes, fazia os negócios dele e saía tarde da noite.

O tom de voz de Maria das Graças era carregado de desprezo. Prosseguiu:

— Nem sempre ele vinha pra cá. Dormia muito fora. Eu e minha mãe vivíamos sem saber se ele estava dormindo em algum lugar ou se já tinha morrido. Só quando aparecia é que o nosso sufoco terminava.

Tema encerrado, pensou Dornelas, que resolveu mudar o rumo da investigação

— Posso usar o banheiro?

— Claro — respondeu ela levantando-se e girando sobre os calcanhares por trás da cadeira.

Dornelas a seguiu pelo vão da porta que ligava a sala a uma cozinha modesta. No centro, uma mesa com duas cadeiras. Sob a luz de uma janela basculante, uma pequena pia com pratos sujos e um escorredor de louças vazio. De um lado, uma geladeira surrada. De outro, um fogão com duas panelas sobre fogareiros apagados, ao lado de uma porta de alumínio encostada. *Talvez a velha e o cachorro tivessem entrado por ali*, pensou. Nos poucos passos que dera desde o sofá, o delegado ainda tinha o animal com o focinho grudado nas pernas das calças.

Saídos da cozinha, cruzaram a soleira de acesso para um átrio minúsculo onde haviam três portas. A da direita estava fechada. A da frente, um banheiro, aberta. Pela porta da esquerda, um quarto, Dornelas pôde ver os pés de uma cama de casal desarrumada e um armário aberto e bagunçado; roupas femininas jogadas sobre a cama e sobre as portas do guarda-roupa davam um colorido surreal ao ambiente.

— Seu quarto?

— É — respondeu ela, sem jeito.

— Posso entrar?

— Não repare na bagunça.

Maria das Graças entrou na frente. Dornelas a seguiu e perguntou apontando para a cama:

— Era aqui que você estava com Raimundo Tavares, correto?

– Isso mesmo – respondeu Maria das Graças enrolando as mãos no avental. Dornelas não esperava dela nenhuma vergonha genuína.

Do outro lado da cama, a meio metro de distância, havia uma janela de correr com duas folhas, ambas abertas. Os ornamentos da grade, padrão das lojas de materiais de construção, eram diferentes dos das outras portas da casa e da janela da cozinha. Na parte de baixo, os tijolos ainda eram visíveis até o chão. Não haviam sido cobertos por massa fina, massa corrida e tinta, como o resto da parede. Os cheiros de tijolos, cimento e massaplástica que ele sentiu ao entrar na casa eram mais fortes ali.

– Você reformou aqui faz pouco tempo?

– Ontem mesmo, delegado. Aqui tinha uma porta por onde meus clientes entravam e saíam sem que precisassem passar por dentro da casa. Meu irmão não gostava muito do meu trabalho. Eu preferia que ele e os meus clientes não se encontrassem. Por isso a porta.

– Então por que você a fechou?

– Puro medo. Eu me sentia muito insegura com o acesso direto da cama para a rua – ela se contorceu no lugar. – E sabe, delegado, por mais que eu faça o que faço, sou uma mulher de família. Quero que meus clientes conheçam a minha casa, a minha vida. Posso alugar o meu corpo, mas não vendo a minha alma.

Incrível essa Maria das Graças. Como se já não bastassem os mistérios do universo, a vida agora lhe apresentava uma prostituta com princípios e valor moral. Dornelas gostava daquela mulher.

– O que sua mãe pensa do seu trabalho?

– Desde que tenhamos um teto sobre a cabeça, comida na mesa e eu não faça mal aos outros, ela não dá a mínima para o que faço.

– Como assim, mal aos outros?

– Delegado, a prostituição existe há muito tempo, mas ninguém nos aceita abertamente. Quando digo mal aos outros, digo que a profissão é vista como ameaça para os casamentos e as relações estáveis que existem por aí.

– E isso não é verdade?

— De jeito nenhum. Somos justamente a cola que mantém os casais unidos e a sociedade funcionando. Ninguém reconhece isso. Todos vivem na ilusão de que nada existe por baixo da superfície. Mas o senhor sabe que é debaixo da superfície que a realidade da vida acontece.

— Você está querendo dizer que faz um trabalho social, que sem a prostituição a sociedade entraria em colapso?

— Se esfacelaria. E a polícia teria muito trabalho para limpar a bagunça.

— Não é pretensão demais pensar assim?

— Pode ser. Mas de uma coisa eu sei: o ser humano não lida bem com a monogamia. Numa hora, um homem quer estar junto de uma mulher, apenas uma. Faz juras de amor e tudo fica cor-de-rosa. E na outra, olha para as bundas de todas as mulheres na rua, deseja ir para a cama com todas elas. Quando volta para casa e a esposa não faz metade daquilo que ele imagina, para a cama de quem o senhor acha que ele vai? E se não deságua suas angústias no corpo quente de uma mulher que o abraça e o ampara, ele bebe, mata, faz o diabo.

— Lembre-se de que você está falando com um delegado.

— Sei disso. Mas antes de ser delegado o senhor é um homem.

— Bem colocado.

— Não pense que as mulheres são diferentes. Elas querem um homem por perto para ajudar a criar os filhos e pagar as contas. Mas quando a luz apaga e ela quer um homem dentro dela, nem sempre é o pau do marido roncando ao lado que ela deseja. A monogamia pode ser linda diante de um padre e numa festa de casamento, mas é um inferno no dia a dia de um casal. O senhor é casado?

— Fui até pouco tempo atrás.

— Então o senhor sabe do que estou falando.

Dornelas sabia, mas resolveu ficar quieto. Não queria seguir adiante com aquele papo. A dor da separação ainda era grande e ele não desejava tirar a máscara de delegado e deixar à mostra sua vulnerabilidade de homem abandonado. Maria das Graças era uma mulher prática demais e isso o assustava.

– Você pode me mostrar o quarto do seu irmão? – perguntou, na tentativa de mudar o foco da conversa.

Maria das Graças saiu do quarto, deu dois passos, destrancou e abriu a porta do quarto do irmão. O ambiente era uma cópia invertida do dela, apenas com roupas masculinas espalhadas num volume bem menor.

– Se me lembro bem, você estava com o seu cliente no seu quarto, com a porta fechada, quando a casa foi invadida. E que seu irmão estava dormindo aqui, correto?

– Isso mesmo.

– Eles o pegaram aqui no quarto ou na sala?

– Na sala. Quando bateram na porta, ele é quem foi atender. Eu estava ocupada, o senhor sabe...

– Entendo. Mas onde estava sua mãe nisso tudo? Eu não soube da existência dela até vir aqui hoje.

Maria das Graças arregalou os olhos e levou as mãos à cabeça.

– Delegado do céu. Esqueci da minha mãe no depoimento.

– Esqueceu e isso é sério.

– Claro que é. O senhor quer interrogá-la novamente?

– Faço questão. Mas antes preciso mesmo ir ao banheiro.

– Fique à vontade.

Dornelas entrou no banheiro com o focinho do cachorro quase colado às pernas. Pensou em empurrá-lo com um chute, dar um passa-fora, mas como não conhecia o animal, fechou a porta com ele dentro. Ao abrir o zíper e fazer a mira no vaso, o animal parou de cheirar a calça e grudou-lhe os olhos no pinto. Intimidado, Dornelas desistiu, guardou o indigitado nas calças, fechou o zíper, deu a descarga para enganar a dona da casa e saiu. Na cozinha, Maria das Graças preparava um café diante do fogão. Assim que o viu, ela gritou em direção à sala:

– Mãe, o delegado quer falar com a senhora de novo.

Um leve chiado da cadeira e a velha começou o passo arrastado da sala para a cozinha. Ela entrou, pôs uma das mãos nas costas e com a outra apoiou-se sobre a mesa.

– O que é agora? – perguntou a velha num berro.

– Desculpe incomodá-la novamente, mas preciso saber onde a senhora estava quando pegaram seu filho.

– O quê?

– Quero saber onde a senhora estava quando pegaram seu filho – repetiu, mais alto.

– Dormindo, ora essa, no meu quarto, lá nos fundos. É o que faço todas as noites depois da novela.

Dornelas teve vontade de perguntar o que acontecera no capítulo da noite anterior, que perdera enquanto jantava com Dulce Neves. Conteve-se.

– A senhora pode me mostrar onde fica?

– Vai me levar pra cama, delegado?

Um doce essa mãe da Maria das Graças, pensou.

– Se a senhora me mostrar o caminho, será um prazer.

No rosto dela nenhum músculo se mexeu, indiferença total. Ela então levantou o braço e apontou o indicador ossudo para o delegado.

– Venha cá – disse a velha dando a volta na mesa e se dirigindo para a porta ao lado do fogão. Abriu-a e saiu. Dornelas foi atrás.

O quarto tomava metade da edícula, o lado esquerdo, sob o telhado que cobria o fundo do terreno, de um muro a outro. A janela dava para o pequeno pátio entre o quarto e a cozinha.

A velha entrou pela porta lateral, encostada numa outra no que parecia a entrada de um banheiro, se é que se poderia considerar como banheiro de verdade um chuveiro elétrico sobre a privada e uma panela como pia. Um tanque de lavar roupa, um balde vazio e uma tábua de passar encostada na parede completavam o cenário.

– Aqui é o meu quarto.

Dornelas parou debaixo da soleira e viu em frente à cama, sobre uma mesinha estreita, um aparelho de televisão de 29 polegadas em volume altíssimo, num programa de auditório. A velha deu a volta na cama e pegou um rolo de lã e duas agulhas compridas sobre o criado-mudo. Sentou-se na beirada e começou a tricotar.

– O que mais o senhor quer saber?

– Se a senhora ouviu alguma coisa estranha na noite em que o seu filho sumiu.

– Delegado, eu não escuto nem o meu próprio peido. Como posso ouvir o que aconteceu do outro lado da casa?

Dornelas suspirou resignado e logo sentiu uma vontade imensa de sair dali.

– Obrigado pela gentileza – disse em voz alta para dentro do quarto.

Enfiada no tricô, a velha não respondeu. Dornelas voltou para a cozinha, foi convidado a se sentar em volta da mesa e tomou o café, impressionado com o aroma e o sabor. Em matéria de café, Maria das Graças sabia o que estava fazendo.

– Vou precisar da sua ajuda para identificar o corpo. Posso contar com isso? – perguntou ele, já do lado de fora da casa.

– Não vai ser fácil, delegado, mas pode sim.

– Obrigado. Mandarei que um dos meus homens entre em contato com você e a leve até o Instituto Médico Legal. Vocês marcam o horário.

– Combinado.

– Ótimo. E mais uma coisa, onde mesmo você encontrou a seringa que me entregou?

– Bem no lugar onde o senhor está.

– Você não me disse que o seu irmão era diabético.

– Como ele estava envolvido com drogas, não achei que fosse fazer diferença. É uma doença tão comum!

– Fez muita diferença. Ele morreu vítima de excesso de insulina no sangue. Era o que continha na seringa.

Maria das Graças arregalou os olhos, ficou lívida e devagarinho foi desmoronando sobre as pernas, como um prédio em processo de implosão. Dornelas conseguiu agarrá-la pelas axilas antes que desabasse no chão. Com muito esforçao, entrou com ela de volta na casa, fechou a porta e deitou-a no sofá. Pegou um copo no armário, sob a televisão, correu para a cozinha e voltou com ele cheio de água gelada. Ela bebeu pausadamente, em pequenos goles. Depois de alguns minutos, voltou a si.

– Me desculpe, delegado. Não sei o que me deu.

– Não se incomode. Se quiser, falamos sobre isso depois.

– É melhor. Preciso descansar.

Ele se levantou e ligou a TV no mesmo programa que a velha assistia no quarto.

– Obrigada. Vou ficar por aqui um pouquinho. A faxina fica pra depois.

– Você vai ficar bem? Posso ir embora tranquilo?

– Pode. Acho a pressão caiu com esse calor.

– Muito bem. Se precisar de mim, você tem meu telefone. – O delegado encarou-a e completou: – Cuide-se.

– O senhor também.

Dornelas abriu a porta e como que ouviu a voz da velha retinindo em seu cérebro. Escancarou-a e saiu.

Capítulo 8

Com xixi a ponto de lhe sair pelos poros, Dornelas buscou uma árvore, um poste, um muro, como um cão. Por estar num bairro sem comércio algum, não podia simplesmente tocar a campainha de alguém para pedir que usasse o banheiro.

A cem metros da casa de Maria das Graças, encontrou um terreno baldio circundado de casas, fechado apenas com alguns mourões e três fios frouxos de arame farpado. Na rua, não passava ninguém. Enfiou-se entre os arames, passou com alguma dificuldade e se aproximou do muro. Abriu as calças e começou a mijar. Sentia-se uma piscina que se esvaziava por um canudo.

De repente, escutou um barulho de motor. Um carro se aproximava. O barulho foi crescendo a ponto de o automóvel surgir e passar devagarinho em frente ao terreno, em primeira marcha. Ao sentir a atenção do motorista sobre ele, Dornelas grudou os olhos no muro, segurou a respiração, encolheu-se ao máximo e imobilizou-se como uma estátua, uma estátua que mija. Quem sabe assim se tornaria invisível. O carro passou, parou em frente à casa vizinha, o barulho do motor morreu e ele pôde ouvir uma porta se abrindo e se fechando. Em poucos segundos, um homem apareceu. O sujeito parou e apoiou o braço num mourão a poucos metros dele.

– Boa tarde, delegado.

– Boa tarde – grunhiu.

– Quando passei, logo vi que era o senhor.

– Ahã.

– É bom ver o senhor por aqui. Sabe que eu até pensei em dar uma passada na delegacia.

– Ótimo.

– Mas já que o senhor veio, vou aproveitar a visita.

– O senhor pode me dar um minuto?

– Me desculpe. Fique à vontade.

O homem se calou e olhou para o chão, o relógio, o céu. Dornelas aliviou-se até a última gota. Recomposto, cruzou a cerca de volta para a rua, estendeu a mão e encontrou o vazio. Recolheu-a em seguida, envergonhado. Com uma careta, o sujeito já havia guardado as dele nos bolsos. Trocaram uma reverência formal como dois japoneses.

– Desculpe a situação... o senhor sabe. Não encontrei outro lugar por aqui...

– Sem problemas, delegado.

– Obrigado. O senhor disse que queria visitar a delegacia...

– Isso mesmo. Anteontem de madrugada ouvi uma gritaria numa casa aqui perto.

– Me desculpe, mas qual o seu nome?

– Adalberto dos Reis.

– Muito prazer.

– Para mim também. Não é todo dia que a polícia aparece por essas bandas. E o delegado, então...

Dornelas deu um sorriso complacente e notou que o homem sofria de um tique nervoso. De vez em quando ele piscava com força e mexia a cabeça de um jeito esquisito; um espasmo projetava o queixo para frente, como se uma corrente elétrica lhe subisse pela medula e detonasse um choque dentro da caixa craniana. *Esse homem deve ter um fio 220 volts enfiado no rabo*, pensou de modo infantil. Conteve a tempo o impulso de procurar um cabo no chão que subisse aos fundilhos das calças do sujeito.

– O senhor disse que ouviu uma gritaria anteontem à noite.

– Muito alta, que me tirou da cama. Fui até a janela do quarto da frente – o sujeito puxou Dornelas pelo braço até o portão do pequeno sobrado e apontou para uma janela no andar de cima –, mas não consegui identificar de onde vinha. Alguns minutos depois, escutei o barulho de portas de carro se fechando, o motor sendo ligado e ele passou aqui na frente, em disparada.

– Que tipo de carro?

– Uma SUV importada preta, com os vidros pretos. Não dava para ver ninguém dentro.

– É pedir muito que o senhor se lembre da marca do veículo ou do número da placa?

– Não deu para ver, mesmo com a luz da rua. O carro passou muito rápido.

– A que horas foi isso, mais ou menos?

– Por volta das duas. Tenho sono muito leve nesse horário. Costumo levantar no meio da noite para fazer xixi, beber água...

O rosto dele se contraiu de novo, outro espasmo. Prosseguiu:

– O senhor sabe, este é um bairro residencial. Aqui todo mundo é pobre. A atividade nunca vai até muito tarde. Se bem que na casa da dona Maria das Graças a coisa rola solta até altas horas. E sempre pinta um ou outro figurão com um carro desses.

– Como assim?

– Bom, a dona Maria das Graças é daquele tipo de mulher...

– Prostituta?

– Isso mesmo, uma mulher vigorosa, cheia de talentos, por assim dizer. Muita gente importante passa por lá. Tem sempre um ou outro carro legal parado na frente da casa dela. Esse tipo de gente entra e sai do bairro devagar, sem muito escarcéu. Quem não quer ser reconhecido, vêm de táxi. Naquela noite foi diferente. O carro saiu em disparada, cantando os pneus. Um cliente satisfeito não faz isso.

– O senhor está querendo dizer que o carro saiu da casa dela?

– Só pode ser. Ela mora a quatro casas daqui e o carro veio daquela direção. Costumamos ter silêncio por aqui nesse horário. A gritaria parecia ter vindo de lá também.

Mais uma peça do quebra-cabeça se encaixava na estrutura que tomava forma na mente de Dornelas.

– O senhor tem algo mais que possa nos ajudar?

– Não, era isso mesmo que eu queria contar para o senhor.

Mais um choque. *Esse sujeito deve viver em constante curto-circuito*, pensou o delegado.

– Caso o senhor se lembre de mais alguma coisa, por favor, me ligue – disse ao tirar um cartão do bolso e entregá-lo a Adalberto – E mais uma vez, me desculpe pela situação.

– Não se incomode. Eu é que agradeço a visita. Quando vier para esses lados, pode usar o banheiro da minha casa. É só tocar a campainha.

Dornelas agradeceu e se despediu com uma reverência ao estilo japonês. Quem sabe num aperto de mão ele não seria eletrocutado também.

★

O delegado foi e voltou, agachou-se, comparou um rastro com o outro. Assumiu que eram de pneus de bandas largas, certamente de algum automóvel pesado, uma vez que os sulcos eram profundos no piso de terra úmida. Os pneus deviam ser novos, pois as ranhuras estavam bem definidas. Sacou o celular do bolso e tirou várias fotos.

Marcas de arrastos e um número incontável de pegadas desciam dali até a água. *Os pescadores empurram as canoas pela proa ou as puxam pela popa até o mar*, pensou. *As pegadas se sobrepõem aos rastros dos barcos ou o inverso.*

Porém no canto direito do mangue, onde o declive era menor e a lama predominava, Dornelas se deparou com uma marca larga, contínua e bem definida que descia até a água com dois sulcos longitudinais e profundos por dentro.

Não se viam pegadas sobre ela e nada que se assemelhasse ao veio de um casco no centro. Em ambos os lados, ele notou diversas pegadas que a acompanhavam até o mar, provavelmente de dois ou mais homens arrastando um corpo pelos braços, com os calcanhares sulcando a lama. Tirou mais algumas fotos e foi embora.

★

A delegacia estava em polvorosa.

– O que aconteceu? – perguntou Dornelas a Lotufo, que passava apressado pela recepção.

– Um corno matou o amante da mulher no meio da rua – respondeu o investigador. – Foi tudo muito rápido. Não deu nem tempo de avisar o senhor.

– Prenderam o homem?

– Em flagrante. Depois de fuzilar o infeliz à queima roupa, cinco tiros, ele se sentou na calçada e começou a chorar.

– Mais fácil assim. Instrua para que um dos plantonistas cuide desse caso.

– Farei isso, doutor.

No banco da recepção, quatro jornalistas aguardavam ansiosos para que o delegado lançasse uma piscada naquela direção. Seria a deixa para uma entrevista. Dornelas pegou os recados com Marilda e seguiu direto para sua sala.

Assim que entrou, uma pilha de papéis sobre a mesa aguardava sua assinatura. Sentou desanimado, destrancou a gaveta e viu, ao lado da caneta, o seu tesouro, a barra de chocolate ao leite.

Consciente do crime que cometeria contra a balança, Dornelas se certificou de que ninguém se aproximava – nenhum passo no corredor –, para desembrulhar cuidadosamente as abinhas do papel prateado e revelar dois quadradinhos de pura felicidade. Quebrou-os delicadamente com os dedos e colocou-os sobre a língua. Subiu aos céus.

Enquanto o chocolate derretia no canto da boca, guardou a barra, pegou a caneta e fechou a gaveta. Se não a mantivesse trancada, a caneta certamente sumiria, como se ali não fosse uma delegacia de polícia. Puxou a pilha para frente e começou o trabalho. Solano bateu com os nós dos dedos na porta aberta.

– Pode entrar – disse, e sentiu um alívio infantil por ter

guardado o chocolate bem a tempo. Assim não precisaria dividi-lo com ninguém.

— Consegui informações sobre Marina Rivera e Nildo Borges, doutor. — disse Solano assim que entrou.

Era a desculpa que Dornelas precisava para deixar o trabalho burocrático para depois. Afastou a papelada, largou a caneta sobre a mesa, com a língua jogou o pedacinho de chocolate que derretia para o outro lado da boca e se ajeitou na cadeira.

— Ótimo. Me conte tudo.

Solano se sentou e abriu sobre o colo uma pasta cheia de folhas soltas.

— Marina Rivera nasceu na cidade do Rio de Janeiro em 26 de junho de 1962, mas cresceu no interior do Estado, em São Francisco de Itabapoana. Seu pai e seus avós são cubanos. Eles encontraram exílio no Brasil depois da revolução, em 1959. Na verdade, conseguiram fugir pouco antes da invasão da Baía dos Porcos, em 1961. Primeiro foram para Miami, sem dinheiro algum, onde contaram com a ajuda de amigos para refazer a vida. Foram dar no Brasil onde o avô possuía terras no interior do Estado, adquiridas quando moravam em Cuba. Os pais, Alonso e Zuleika, ela mineira, se conheceram pouco depois e logo tiveram Marina. Ela tem um irmão chamado Fernando Rivera que trabalha em comércio exterior e mora em Miami.

— Só?

— Tem mais. Ela se formou em direito na UFRJ em 1984. Foi onde conheceu Nildo Borges.

— Excelente.

— A partir daí, as histórias dos dois se cruzam diversas vezes. Mas nada apareceu que comprovasse uma relação entre eles além da profissional.

— Difícil acreditar nisso. Se você os visse juntos notaria que algo mais profundo se passa ali. Prossiga.

— Nildo Borges também nasceu no Rio de Janeiro, teve uma infância de classe média normal, sem grandes surpresas. Porém, na faculdade houve uma mudança de rumos e ele entrou na política. Pelo jeito, foi paixão à primeira vista. Ele e Marina se conheceram no primeiro ano dela e último dele. Foi dirigente estudantil, preso em 1979. Reapareceu na cena política alguns anos depois como candidato a vereador pelo Rio de Janeiro. Marina foi cabo eleitoral dele e coordenou a comunicação da campanha. Perdeu. É casado, tem dois filhos e mora num sobrado enorme no Centro Histórico.

— Por que razão ele veio parar aqui em Palmyra? — perguntou o delegado. — Certamente ele tem mais poder aqui do que teria no Rio de Janeiro — ponderou.

— O pai dele nasceu e morreu aqui. Foi o fundador da Peixe Dourado, uma empresa de pesca acanhada que cresceu muito depois que Nildo assumiu, com a morte do pai, há quase vinte anos. Tem um irmão, Wilson Borges, considerado um idiota, que é quem toca a empresa enquanto ele se dedica à política. Mesmo assim, o faturamento tem crescido em dois dígitos dos últimos cinco anos para cá.

Dornelas embatucou com essa informação.

— Presumo que Marina o tenha seguido até aqui.

— Correto. Sem família nem perspectivas na capital, Marina seguiu Nildo Borges e hoje mora sozinha num sobrado pequeno, também no Centro Histórico. Nunca se casou e não consta informação sobre algum namorado ou amante.

— Você tem alguma coisa sobre a obra da Câmara dos Vereadores?

— A história não é nova. Abriu-se um edital de licitação, onze empresas apareceram e apenas uma se enquadrou nas exigências.

— A de Raimundo Tavares. Um edital feito sob encomenda — concluiu Dornelas, que se lembrou do nome do engenheiro nas manchetes dos jornais e na televisão.

— Isso mesmo. A obra custou mais caro do que deveria, foram precisos dois pedidos adicionais de verba para a conclusão e demorou quase dois anos além do prazo previsto para ser terminada.

– Presumo que Nildo Borges era o presidente da Câmara dos Vereadores nessa época.

– O próprio. Além de cuidar da elaboração do projeto, ele conseguiu a aprovação na Câmara. Dizem que Nildo acompanhou a construção de perto, por um bom período. Mas a obra demorou tanto que até deu tempo de se trocar o presidente da Câmara. O vereador Jurandir Botman, da oposição, assumiu em seguida. Ele descobriu as irregularidades por acaso, quando comprou um carro para os trabalhos do legislativo. Por causa desse carro, e com as obras ainda em andamento, decidiu construir uma garagem subterrânea. Qual não foi sua surpresa quando um engenheiro da obra lhe revelou que naquele momento não seria possível em razão das irregularidades estrutural e documental do prédio. O presidente instalou uma CPI e uma investigação completa foi feita. No relatório, foram constatados problemas gravíssimos como infiltrações, aquisição de material diferente do aprovado no edital, falha no sistema de escoamento de águas pluviais, goteiras diversas, problemas do calçamento que impediam a impermeabilização do piso interno, aterramento para descargas atmosféricas fora do padrão, tubulação exposta no calçamento, projeto do corpo de bombeiros diferente do executado, além de irregularidades na documentação do prédio desde a planta. Uma lástima, doutor.

– E isso aconteceu sob a supervisão do nosso amigo, o engenheiro Raimundo Tavares!

– Não diretamente. Um engenheiro da empresa dele havia sido nomeado para essa obra. Na CPI, ele deu essa desculpa e acabou fritando o próprio funcionário. Obviamente, a empresa foi prejudicada, uma vez que os pagamentos foram suspensos enquanto a CPI investigava tudo. Mas depois que o assunto saiu da mídia e a obra foi autorizada a recomeçar, ele voltou a receber. Dizem as más línguas que ele apenas tomou uns tapas e o assunto morreu por aí.

– E a prefeitura não descobriu nada durante a fiscalização?

– Fechou os olhos até a CPI ser instalada. O imóvel não tinha sequer matrícula registrada. Alguém certamente estava nos bolsos de Raimundo Tavares. A coisa parece ter sido feita às pressas para que o dinheiro fosse desviado sem muito alarde.

– Temos aí uma ligação entre Raimundo Tavares e Nildo Borges. Se Maria das Graças nos deu o nome dele para encobrir algum outro, vamos descobrir. Uma coisa é certa: ela nos ajudou muito, sabendo ou não. E isso me intriga. Mais alguma coisa?

– Por enquanto é só.

– Bom trabalho.

– Obrigado, doutor.

Solano se levantou e saiu. Dornelas puxou o telefone do gancho e discou três números.

– Anderson, Joaquim Dornelas, como vai?

– Tudo funcionando, delegado. Graças a Deus.

– Ótimo. Tenho mais fotos para você descarregar do meu celular e copiar num *CD*. Você pode fazer isso agora?

– Passo por aí em dois minutos.

– Obrigado.

E desligou. A pilha de papéis sobre a mesa parecia ter voz própria. Dornelas sentiu-se seduzido por ela como Ulisses pelas sereias na epopeia grega. Afastou-a com o braço, ficou de pé e iniciou uma caminhada meditativa num circuito impreciso dentro da sala.

Respirou fundo e as imagens armazenadas no inconsciente voltaram-lhe ao espírito com força. Uma a uma, foram-lhe apresentadas numa sequência sem sentido a parede fresca e incompleta sob a janela do quarto de Maria das Graças, as marcas de arrasto e de pneu na prainha, o local em que o corpo foi encontrado, a seringa e o band-aid redondo no braço do morto. A ligação desses fatos com as informações sobre Nildo Borges e Raimundo Tavares ainda era distante, inconsistente, mas existia para ele.

– Posso entrar, delegado? – perguntou Anderson, parado sob a soleira.

– Por favor.

– Esse é o celular?

Dornelas fez que sim com a cabeça. Anderson o pegou sobre a mesa.

– Devolvo em dez minutos.

– Obrigado.

Saiu.

E por um espasmo da alma, desses que acontecem sem aviso, Dornelas retomou a comunhão entre mente e espírito em outro patamar, mais alto. Sem saber, lembrou do colégio beneditino, o estudo das liturgias, as missas intermináveis. Voltou-lhe o horror do confessionário, dos padres vestidos de preto, verdadeiros urubus que lhe pediam docemente que escancarasse a alma. Voltou-lhe à mente o dia do seu casamento com Flávia, as promessas de fidelidade e amor eterno; e inexplicavelmente foi se distanciando de tudo aquilo, da opressão e dos dogmas.

Ficou claro, em seu espírito, que a força das convenções e não as crenças pessoais o conduziram por aquele caminho, até aquele momento. Viu-se muito prático sobre um tema tão abstrato. Surpreendeu-se. Isso o fez sentir-se leve, em paz. E o libertou de um jeito profundo e íntimo. Quando se deu por satisfeito e notou que seu raciocínio tergiversava por caminhos distantes da investigação, passou a mão no telefone.

– Marilda, me ligue com Marina Rivera, por favor.

– É pra já, doutor.

E desligou. Nem um minuto se passou e o telefone tocou.

– Doutor, Marina Rivera na linha.

– Obrigado. Marina, como vai?

– Muito bem. E o senhor?

– Bem também. Escute, eu gostaria de bater um papo com você sobre a investigação. Quando podemos nos encontrar?

– Quando é melhor para o senhor?

– Hoje mesmo, se ainda está em tempo.

– Pode ser. A que horas e em que lugar?

– Tenho um compromisso às nove. Podemos nos encontrar para um café às sete e meia na Casa de Cultura?

– Estarei lá.

– Ótimo. Até mais tarde.

Bastou colocar o telefone no gancho e Anderson entrou correndo na sala segurando o seu celular colado na orelha.

– Delegado, uma ligação para o senhor.

– Quem é?

– Seu filho.

As pernas amoleceram. Dornelas pegou o aparelho e sentou-se. Anderson largou o *CD* com as novas fotos sobre a mesa e saiu.

– Filho, como você está?

– Oi, pai. Tudo bem por aqui. Liguei porque estou com saudades de você.

Com os olhos úmidos e o coração num samba enlouqquecido no peito, Dornelas avançou para fechar a porta e voltou para a cadeira.

– Eu também, meu amor. Tentei falar com vocês ontem à noite, mas a ligação caiu na secretária eletrônica. Como vai a sua irmã?

– Bem também. Saiu com umas amigas. Não sei onde foram, mas acho que não vai demorar.

– Vocês estão bem?

– A gente está se acostumando, pai. A cidade é bem maior do que Palmyra e tem muita coisa pra fazer. É legal – disse Luciano sem entusiasmo na voz –, mas eu sinto muitas saudades daí, de você, principalmente.

Dornelas sentiu um aperto na garganta.

– Eu também tenho muitas saudades de você, da Roberta. Me conte, como vai na escola?

– Bem, também. Aqui é tudo maior, mais moderno... sei lá.

Como o filho, Dornelas sentia-se deslocado numa cidade grande. Talvez por isso tenha rejeitado inúmeras vezes uma promoção.

– Você tem saído pra pescar?

– Não dá. Tem tantas coisas pra se fazer que o mar aqui serve só para os turistas tirarem fotos. Bem diferente daí, que é o quintal da nossa casa.

Disso Luciano tinha razão. Dornelas estava ligado ao mar de Palmyra por um cordão umbilical impossível de cortar. Alguns dias longe e já lhe batiam as saudades do fedor pungente do lodo da baía e da mistura de odores de peixes podres com algas ressecadas, redes de pesca secando ao sol e o inconfundível óleo diesel envelhecido sobre as tábuas de madeira do cais.

– Você pode vir para cá nesse final de semana?

– Não vai dar meu filho. Estou no meio de uma investigação importante. Consulte a sua mãe e veja se vocês não podem passar o fim de semana aqui comigo. Eu compro as passagens de ônibus e pego vocês na rodoviária, na hora que for.

– Vou falar com a mamãe, mas você sabe como ela é.

– Eu sei, não se preocupe. Mais tarde eu falo com ela sobre isso. Ok?

– Combinado.

– Te amo, filho.

– Também te amo, pai. A gente é amigo, não é?

– Sempre. Você sabe disso.

– Sei.

– Tchau, filho.

– Tchau.

E desligou para o seu coração afundar num poço de emoções novas e discrepantes com as quais ele ainda não aprendera a lidar. Pela janela, viu a cor turquesa do céu sendo tomada pela noite e as lâmpadas esquentando ainda fracas nos postes da rua. Fechou tudo e saiu.

Passou na loja de ampliações, retirou o pedido que fizera na hora do almoço, e fez outro, que deixou pago. Rumou para casa. Lupi precisaria de um passeio e ele também.

Cruzou a ponte sobre o rio e entrou na Rua da Abolição, no Centro Histórico. No seu ritual diário, Palmyra acordava à noite para receber os turistas vindos de diversas partes do mundo. O vozerio em alemão, inglês, italiano, francês e sabe lá que língua mais, fazia da cidade uma verdadeira Babel do século XXI.

Dornelas gostava da mistura de povos e culturas que encontrava na cidade. Parou no Alambique, a loja especializada em cachaças – que se orgulhava de manter nos estoques dezenas de marcas nacionais e estrangeiras –, pesquisou os preços de variedades cubanas, mineiras e impressionou-se com todas. Cachaça a preço de uísque escocês. Indignou-se e saiu.

Virou à direita na Rua do Ouro, pulou a corrente e saiu do Centro Histórico. Da Avenida das Carroças, a entrada principal da cidade, seguiu para casa. Eram sete horas ainda e teria tempo suficiente de passear com o cachorro antes de seguir para a Casa de Cultura.

Ao abrir a porta, Lupi rodopiava, pulava e gania. Dornelas acariciou-o, jogou as chaves e o pacote de fotos sobre a mesa da entrada e subiu as escadas acendendo as luzes pelo caminho. Entrou em seu quarto e, como todos os dias, Neide blindara a casa. As guilhotinas das janelas estavam todas fechadas. Não sobrava uma nesga para ventilação. Suava a ponto da camisa lhe grudar na pele.

Levantou a guilhotina da janela do meio, abriu a veneziana, estudou o céu, as nuvens esparsas e a lua, que nascia tímida. Reparou no anel luminescente que se formava em volta dela e lembrou do ditado que aprendera na infância: aro perto, chuva longe; aro longe, chuva perto. Escancarou as duas outras e manteve as guilhotinas abaixadas.

Uma vez que a cidade era circundada pelas montanhas, nunca se esperavam grandes ventanias tão logo começasse a chover. E sempre que ventava, ela vinha pelo quarto da frente, o dos filhos.

Seguiu para lá, levantou a primeira guilhotina, abriu a veneziana, olhou a rua, poucas pessoas passavam: um casal de velhinhos que andava colado, ela pendurada nele, um carro aqui, outro ali, o movimento de sempre. O comércio baixava as portas. Abriu as venezianas das outras duas janelas e fechou todas as guilhotinas, uma alta e outra baixa, para o caso de chover enquanto estivesse fora. Na sala, o cachorro começou um latido diferente, alarmado.

Apagou as luzes, virou-se para descer as escadas e se assustou com um estalo, vidros se estilhaçando e algo pesado caindo no chão. Agachou por impulso, virou-se e viu um buraco num dos vidros da guilhotina do meio. Não ousou acender a luz. Avançou agachado até a janela ao lado e espiou por um vidro do canto. Ninguém na rua. Levantou a guilhotina e debruçou-se para fora da janela. Olhou para ambos os lados. Nada. Voltou, acendeu a luz e encontrou metade de um tijolo debaixo da cama da filha. Em torno dele, um pedaço de papel dobrado, desses de cadernos escolares, preso por um barbante com um nó apertado.

Dornelas pegou-o, partiu o barbante e abriu o papel: era um bilhete. Estava escrito em letras de forma: *Não se meta onde não foi chamado*. Sem autoria.

Sentou na cama do filho, respirou fundo, o coração às marteladas. Suava em bicas. Abriu as guilhotinas e fechou as venezianas dos dois quartos. Trocou a camisa, largou o bilhete e o tijolo sobre mesinha da entrada, pegou as chaves e saiu.

O passeio de Lupi ficaria para depois.

Capítulo 9

Assim que entrou, bateu os olhos numa foto enorme na parede, em preto e branco, de uma mulher de pé, seminua, com bandagens enroladas em todo o corpo – uma múmia mal acabada.

Pelas frestas do que parecia gaze, via-se a pele leitosa, um tufinho de pelos no púbis e os seios grandes – com bicos do tamanho de laranjas –, espremidos pela amarração apertada. Havia uma faixa preta pintada de um lado a outro do rosto, sobre os olhos arregalados e de uma expressão perversa. Numa das mãos, ela segurava uma espada em riste.

Passou para a próxima, uma ampliação imensa de uma genitália feminina espremida pelas pernas fechadas, apenas os pelos encaracolados à mostra, e dois dedos masculinos, o furabolo e o pai de todos, a caminho de lá. Dornelas estacou diante da foto, visivelmente impressionado, e sentiu uma mão tocar-lhe o ombro. Pêgo de surpresa, virou-se e deu com Marina.

– Esse fotógrafo é daqui, sabia? Faz um trabalho incrível – disse ela num arrulho assim que trocaram olhares.

– Ou estou ficando velho ou isso é sacanagem pura.

– Ou talvez os dois – disse Marina, provocante.

– Talvez – sorriu Dornelas, condescendente.

– Vamos nos sentar?

– Claro.

Saíram da sala da exposição e foram ao café, na sala ao lado. Rodearam a mesinha redonda e se sentaram. Marina disse:

– Esse caso deve ser importante, delegado. Trabalhando até essa hora?

Ela lançou a pergunta com o sarcasmo de uma *workaholic* da iniciativa privada que enxerga no funcionalismo público brasileiro um antro de ineficiência e vagabundagem. Independente se ela tinha ou não razão, Dornelas ficou surpreso com a provocação pelo simples fato de ela ser uma funcionária pública também. Decidiu não retrucar, seria pior.

– É melhor do que ficar em casa pensando em besteiras – respondeu.

Ela sorriu.

– Sobre o quê o senhor quer conversar?

– Quero me aprofundar nas razões que a levaram a seguir Nildo Borges para este fim de mundo.

– Não é como vejo as coisas, sinto muito.

– Então, como vê?

Marina se endireitou na cadeira e apoiou os cotovelos na mesa.

– Segui Nildo por que eu estava sozinha e perdida no Rio de Janeiro. Não gosto de cidades grandes. Fui criada no interior. Vivo melhor aqui.

Dornelas sentiu uma empatia que o confortou. Marina prosseguiu:

– Nildo é um político muito hábil que aproveitou a chance de juntar o amor pela política aos negócios da família. O senhor sabe que foi o pai dele quem fundou a Peixe Dourado, não sabe?

– Sei.

– Pois então, as coisas meio que se encaixaram na vida dele depois da eleição no Rio de Janeiro.

– A primeira dele, que perdeu, correto?

– Correto. Pouco depois, e ainda frustrado com a política na capital, o pai morreu e ele veio cuidar dos negócios da família.

O garçom apareceu. Marina pediu um café e uma garrafa de água com gás. Ao abrir o cardápio, Dornelas sentiu uma fome de leão. Só havia petiscos. Imaginou porções pequenas e gordurosas. Desejou algo mais substancial, um goró talvez.

Frustrado, pediu o mesmo que ela e uma porção de fritas, que enganaria o apetite até que voltasse para casa.

– Por que ele e não o irmão? – perguntou Dornelas ao largar o cardápio sobre a mesa.

– Wilson? É um completo idiota. Se não fosse a empresa da família, dificilmente arrumaria trabalho em qualquer outro lugar.

– Por que diz isso?

– Ele não tem preparo algum. Sempre viveu do patrimônio da família e não entende nada do negócio, nem deste, nem de nenhum outro. Gasta o tempo e o dinheiro que ganha inventando projetos absurdos que nunca dão em nada. E o pior, é burro feito uma porta. Ele compensa a burrice com uma arrogância que poucas vezes vi igual, uma besta-fera. Basta dizer que de tudo que ele fez até hoje, nada deu certo.

– Por que Nildo o colocou para dirigir a Peixe Dourado?

– É apenas uma fachada. Nildo deu a ele uma sala, um telefone e uma secretária para mostrar aos vereadores da oposição de que está desligado da operação. Mas na prática, é Nildo mesmo quem administra a empresa.

– Pensei que ele interferisse apenas ocasionalmente, como no caso do tal refrigerador que queimou.

– Isso acontece com frequência. Os refrigeradores são antigos, custam uma fortuna.

– Você parece conhecer a empresa!

– Apenas o que Nildo comenta. Não me envolvo nisso. A Peixe Dourado é uma caixa-preta para mim, assim como deve ser para o senhor.

– E é – ponderou –, por enquanto.

Marina Rivera arregalou os olhos e deu um salto na cadeira. Dornelas abriu uma porta que ela insistia em manter trancada. Era chegada a hora de entrar.

– O que o senhor quer dizer com isso?

– Exatamente o que eu disse: por enquanto.

– O senhor acredita que existe uma ligação entre o Crime do Mangue e a Peixe Dourado?

– É uma possibilidade que não posso ignorar.

Ela balançou de leve a cabeça, como fazem os barcos ao sabor do mar.

– Estou disposto a poupá-la caso encontremos alguma coisa, por assim dizer, indesejável.

– Em que sentido?

– Ilícita.

– O senhor está me pedindo para trair Nildo Borges depois desses anos todos que estou perto dele? Esse homem me ajudou demais na vida, delegado. Parte do que sou e do que faço, devo a ele. Larguei minha carreira como advogada no Rio de Janeiro por que achei que com ele aqui em Palmyra eu poderia fazer alguma diferença – ela baixou os olhos, parecia perdida. – Numa cidade pequena como essa, eu posso ver o resultado do que faço. É gratificante, sabe?

– Entendo o que diz. Mas lembre-se de que estamos falando de assassinato. Caso encontremos alguma ligação com o crime, pense nas consequências para a carreira dele e a sua. Você veio atrás dele até aqui. Pense até onde estaria disposta a ir se a investigação revelar alguma coisa ilegal.

Os cafés, as águas e a porção de fritas chegaram. Dornelas açucarou o café, serviu água nos dois copos e pegou uma batata que quase lhe pelou os dedos. Marina Rivera estava à beira de um colapso. Não tocou em nada. Olhava o vazio, imóvel. Debatia-se por dentro, como se lhe faltasse chão sob os pés.

– Seria prudente que você não contasse ao vereador sobre essa conversa.

– Por quê?

– Para o seu próprio bem. Por mais que vocês tenham uma relação bastante longa, sobre a qual confesso, ainda sei muito pouco, pense o que você representa na vida e nos negócios dele. Pergunte-se se ele a protegeria de um escândalo, caso isso vier a ocorrer, ou se você seria apenas... – faltaram-lhe as palavras – danos colaterais, como dizem nos filmes americanos. Ninguém é insubstituível, sabia?

Marina viu-se afundar num buraco profundo e escuro. Depois de tantos anos de serviços prestados ao povo e ao vereador, aquela era a primeira vez em que via suas crenças colocadas em xeque.

– O senhor não está sendo desumano demais comigo, delegado?

– Pelo contrário. Sou aquele que está abrindo seus olhos para um mundo que você insiste em não ver. Quem sabe Nildo não virou a casaca, tornou-se um criminoso. Ou quem sabe ainda, o irmão idiota não seja tão idiota assim.

– Quem sabe – ela disse baixinho, de si para si.

Marina açucarou seu café, tomou um gole e largou-o. Estava frio. Bebericou maquinalmente a água com o olhar perdido.

– Preciso de tempo para pensar.

– Você tem 24 horas. É suficiente?

– Creio que sim. Em termos práticos, o que o senhor está me pedindo?

– Acesso aos livros contábeis da empresa, principalmente os informais, por fora, caixa-dois, recebimentos não contabilizados, coisas do tipo. Procure anotações, qualquer coisa. Quero começar por aí. Se eu bater na porta da empresa com um pedido judicial, tenho certeza que Nildo Borges dará um sumiço nessas informações, se é que de fato existem, num piscar de olhos.

– Acredito.

– E não quero envolver a Polícia Federal antes de saber se existe alguma coisa de concreto acontecendo.

Ao mencionar a Polícia Federal, ela assustou-se ainda mais.

– Você tem 24 horas – ressaltou Dornelas.

– Preciso pensar.

Marina levantou-se e saiu.

★

O recado estava dado.

Era hora de esperar o desenrolar do plano que havia bolado. Olhou o relógio, pagou a conta e saiu em disparada para casa. O penúltimo capítulo da novela começaria em dez minutos.

A história era intrincada e se arrastava há meses sobre os possíveis envolvidos no assassinato do magnata do aço. A trama apontava para alguns suspeitos: o motorista demitido, a mulher traída, a amante insaciável, o sócio ganancioso.

Naquela noite, milhões de brasileiros de todas as idades e classes sociais se juntariam a ele num ritual que beirava o fanatismo religioso. Conhecer a identidade do assassino era apenas o final de uma história que, como muitas novelas antes dessa, se desenrolara da mesma forma. O mocinho, o bandido. O pobre, o rico. A mocinha, a megera. O bem e o mal. Para um delegado solteiro, aquele ramerrão era um prato cheio.

Abriu a porta e quase foi derrubado por um cheiro nauseante. Acendeu as luzes. Lupi estava encolhido debaixo da mesinha diante do sofá, o rabo entre as pernas, os olhos arregalados, as orelhas caídas. Tremia. Não contente com a poça de xixi sobre o piso de tijolos, o cachorro ainda largou um montinho de merda no canto da sala. Dornelas correu para a lavanderia em busca de um pano, do desinfetante e da pá. Voltou e limpou tudo num segundo.

— Passeio, só depois da novela, meu chapa — rosnou para o cachorro, que se encolheu ainda mais.

Em seguida, escancarou as janelas liberando a fedentina; serviu-se de uma dose de Canarinha, sua cachaça predileta; e ligou o televisor nas cenas do capítulo anterior. Largou-se no sofá, ajeitou-se entre as almofadas, saboreou a pinga e lá veio o horário comercial: enquanto um automóvel prateado último tipo deslizava numa estrada à beira-mar, o sorriso fulgurante de Marina Rivera lhe acariciava o espírito. Como por feitiço, apoiou a cabeça na almofada e as pálpebras caíram como chumbo. O sono levou a melhor.

★

Passava da meia-noite quando Dornelas acordou com um assobio que conhecia bem. Na TV, o exército maltrapilho do coronel Nicholson saía em marcha da floresta, desfilava diante da tenda-hospital – sob o olhar atônito dos feridos – e se alinhava destemido em frente à cabana do coronel Saito, o algoz japonês. A *Ponte do Rio Kwai*, seu filme favorito, passava na TV. Questionou-se sobre quantas vezes já o assistira. Nove, dez? Não importava.

Aquele era o antídoto perfeito para a raiva que surgiu assim que se deu conta de ter perdido mais um capítulo da novela. Durante o intervalo, foi até a cozinha, preparou um goró às pressas e voltou antes do filme recomeçar. Assistiu até o fim, com gosto.

A madrugada avançava veloz e Lupi havia ficado sem o seu passeio. Num ímpeto, pegou a coleira, um saquinho plástico e ambos saíram para a rua. Não encontrou viva alma. Enquanto o cão circulava, Dornelas aproveitou para estudar de onde teria partido o tijolo que atravessou a janela.

Descobrir o autor da façanha seria impossível, mas como estava com a mente fresca, tomaria a investigação como mero divertimento.

De olho na janela, imaginou a posição da cama da filha dentro do quarto e o local onde o tijolo caiu. Visualizou uma trajetória, colocou-se nela, deu dois passos para trás e concluiu que o tijolo teria partido de algum ponto entre o meio e o outro lado da rua.

Após o lançamento, o atirador teria se escondido na sombra do toldo da loja de quinquilharias, na esquina da frente, e dali escapulido com facilidade, em poucos segundos. Improvável que alguém o tivesse visto, mas não de todo impossível. Sondaria a vizinhança pela manhã.

Ao pensar no assunto, sentiu-se incomodado não com o atentado em si, mas com a identidade do mandante. Maria das Graças, Raimundo Tavares, Marina Rivera, Nildo Borges ou mesmo o irmão idiota deste, não se exporiam dessa forma diante da casa de um delegado. Aquele ato tinha sido praticado por um agente menor, alguém situado na base de qualquer que seja o esquema que estivesse sendo ameaçado pelas investigações em curso. Isso era certo.

Embatucado com a conclusão a que chegara, Dornelas recolheu as fezes do cachorro, jogou o saquinho no lixo da rua, chamou Lupi e ambos entraram de volta na casa. Despiu-se maquinalmente e entrou no chuveiro para um banho meditativo, desses de quase esvaziar a caixa de água. Deitou na cama, intrigado.

★

De olhos ainda fechados, foi aos poucos percebendo que a manhã chegara e era hora de levantar. Olhou o relógio: sete e dez. Sentia-se pesado e sonolento. No íntimo, tinha vontade de se esconder entre os lençóis até as oito. Por força da rotina, resolveu levantar, mas o faria aos poucos. Se deveria ceder, que o fizesse sob suas condições.

Abriu as janelas para uma luz intensa quase cegar-lhe a vista e avançou para o banheiro. Despiu-se e estudou o próprio corpo diante do espelho. A barriga crescera, os fios brancos tomaram as costeletas, a calvície avançara no topo da cabeça.

A plenitude vigorosa do macho certamente já havia passado por ele, mas Dornelas sentia-se bem, saudável, forte, a mente aguçada e o corpo cheio de energia para um homem da sua idade. Certamente não envelheceria como o avô materno, que se tornou um ancião à espera da morte aos sessenta. Os tempos mudaram, muitos preconceitos caíram, a idade passou a lhe pesar cada vez menos sobre os ombros e a mente.

Seus anos de vida eram apenas números que mudavam. O que lhe importava era como se sentia em relação ao tempo vivido, ao presente e às perspectivas para o futuro. No ano anterior, quando levou a filha num show de rock no Rio de Janeiro, sentiu-se com dezesseis. Num evento da polícia, com oitenta.

Ligou o chuveiro e dedicou-se a um banho tranquilo. Foi tomado por uma paz que há muito não sentia, mesmo com a separação recente e os filhos distantes. *Essa situação se acomodará com o tempo*, pensou, e uma descarga elétrica o atingiu. Jesus, não só perdera a novela como se esquecera de ligar para Flávia e combinar dos filhos passarem o final de semana com ele. Desligou o chuveiro e saiu encharcado e em disparada pelo quarto em busca do telefone.

– Alô, Lindalva, dona Flávia está?

– Ela acabou de sair para levar as crianças na escola, doutor.

– Obrigado. Vou tentar o celular.

Desligou e discou ligeiro o número dela.

– Flávia?

– Isso é hora de ligar, meu senhor? Aqui não tem nenhuma Flávia.

– Me desculpe – mas a mulher já tinha batido o telefone. Verificou na agenda o número da ex-mulher. Era aquele mesmo. Para se certificar de que não discara o número errado, tentou novamente e a mesma voz esganiçada e antipática atendeu. Desligou sem dizer nada. Dera o troco, satisfeito. Ligou para a casa novamente.

– Lindalva, a dona Flávia trocou o número do celular?

– Ah, não sei não, doutor.

– Você pode checar, por favor?

– Um minutinho.

Dornelas escutou portas se abrindo e fechando, buzinas, um passarinho piando, a faxineira reclamando do trabalhão que ele havia dado. Uma eternidade se passou e ela voltou:

– Não tenho não, seu Joaquim.

– Tudo bem. Por favor, peça para ela me ligar assim que chegar. É importante.

– Pode deixar.

E desligou certo de que a empregada já havia ignorado o recado tão logo batera o telefone. Com a culpa a pesar-lhe sobre os ombros, vestiu-se e desceu. Lupi foi atrás e ambos saíram para o passeio matinal.

Enquanto o cachorro circulava, ele foi conversar com a proprietária da loja de quinquilharias – dona Carmelina –, uma figura obesa e suarenta que passava os dias observando o movimento da rua do seu banquinho detrás do balcão. Se alguém viu alguma coisa, seria ela. Para sua infelicidade, as portas da loja foram baixadas minutos antes do incidente. Sondou o bazar de artesanato indiano, na outra esquina. Nada também. Consciente do seu insucesso, deixou o cachorro em casa e seguiu para a delegacia.

★

Onofre devia estar com a cabeça em outro lugar que não na padaria. Apenas uma mente enferma seria capaz de fritar um pão e fazer um café com tanto desprezo. Dornelas largou a xícara na metade e mordeu o pão com visível desgosto. As fatias continham uma mistura de todos os sabores que haviam passado pela chapa, sabe lá por quanto tempo: linguiça calabresa, cebola, frango, hambúrguer, bacon, ovos... um pouco de tudo, menos pão com manteiga.

Desistiu na primeira mordida. Pagou a conta e saiu com fome.

★

— Bom dia, Marilda

— Bom dia, doutor.

— Algum recado?

— O vereador Nildo Borges ligou agorinha para o senhor. Pediu retorno urgente.

— Obrigado. Ligue para ele em dez minutos, por favor. Quero aterrissar na minha sala primeiro.

— Combinado, doutor.

Dornelas se ajeitou diante da mesa. A pilha de papéis para assinar havia crescido. Selecionou a correspondência, respirou fundo, destrancou a gaveta em busca da caneta, devorou dois quadradinhos de chocolate e começou o trabalho.

Pouco além da metade, o telefone tocou.

— O vereador Nildo Borges, doutor — disse Marilda.

— Obrigado. Bom dia, vereador.

— Delegado Joaquim Dornelas, é um imenso prazer falar com o senhor.

— Igualmente — retrucou, sem convicção. — Em que posso ajudá-lo?

— O senhor é um homem de poucas palavras, delegado.

— Na minha profissão, quanto menos se fala, melhor.

— Já na minha, o senhor sabe, dependo de um canal aberto e irrestrito com meu povo.

— Recebi um recado de que o senhor desejava falar comigo.

— Isso mesmo. Pois saiba que há pouco um homem ligou na minha casa, outro desconhecido, para dizer que José Aristodemo dos Anjos, ou Zé do Pó, comprava drogas de pescadores aqui da cidade para revender no município.

A cidade inteira tem o telefone desse homem, pensou Dornelas, impressionado. *Dia sim, dia não, alguém liga dando uma informação sobre o caso. Quem sabe o vereador não cederia o número de bom grado à delegacia.*

— Imagino que este homem não tenha se identificado.

— Ele desligou assim que perguntei pelo nome.

— Pena! — lamentou Dornelas — De qualquer forma, agradeço imensamente pela ligação. Essa informação é muito relevante, certamente mudará o rumo da investigação. Agradeço imensamente sua vontade em nos ajudar.

Inexplicavelmente, pelo fio do telefone, Dornelas pôde ver Nildo Borges inflar o peito, como se acabassem de lhe espetar uma medalha no paletó. Era hora de dar corda ao homem.

— Mas me diga, o senhor não é o proprietário de uma grande empresa pesqueira no município, a maior, se não estou enganado?

A atuação beirava o exagero. Se não tomasse cuidado, em breve Nildo Borges descobriria o embuste e ele se exporia ao ridículo.

— Com muito orgulho. Meu pai fundou a empresa com as próprias mãos. Eu apenas ergui as paredes sobre os alicerces que ele deixou.

– Seria muito pedir ao senhor para que fizéssemos uma visita? Quero ver de perto os procedimentos no negócio de pescados.

– Eu teria um imenso prazer em recebê-lo. Quando seria bom para o senhor?

– Hoje à tarde, às 16h?

– Perfeito. O senhor tem o endereço?

– Tenho.

– Ótimo. Até lá, então, delegado. Tenha um bom dia.

– Outro para o senhor.

Desligaram e Dornelas cismou com tamanha boa vontade. Retomou a pilha de papéis, assinou duas folhas e parou. Largou a caneta e pegou o telefone. Apertou três teclas.

– Marilda, peça para Solano vir me ver assim que chegar, por favor.

– É pra já, doutor.

Desligou e viu-se num vazio. Mesmo tendo confirmada a ligação de Zé do Pó com os pescadores, como Cláudio havia lhe contado, o telefonema de Nildo deixara-o confuso quanto ao rumo da investigação. *Será que Marina Rivera contara ao vereador sobre conversa da noite anterior, ou aquele telefonema seria apenas uma coincidência?*, pensou.

Num canto da mente, por trás de um emaranhado de dúvidas, brilhava uma convicção, bem pequenininha, de que não deveria desistir do caminho que havia escolhido.

Retomou a pilha de papéis, terminou de assiná-los, largou-a no canto da mesa ao lado do escaninho de saída e partiu. Talvez a fome estivesse atrapalhando o raciocínio.

– Marilda, quando Cláudio chegar, diga a ele que estou fora e já volto. Vou comer alguma coisa na padaria aqui perto.

– Boa sorte, doutor.

★

A visão da estufa sobre o balcão foi o suficiente para embrulhar o estômago do delegado. Ovos cozidos azuis e amarelos dividiam espaço com croquetes, folhados, empanados e coxinhas de frango. Fiozinhos de gordura escorriam por debaixo dos salgadinhos e se depositavam na beirada da bandeja, sob o papel celofane.

Sentou num dos banquinhos giratórios longe dali e colocou as mãos sobre o balcão para notar que o ambiente inteiro brilhava de tanta gordura, dos ladrilhos quebrados nas paredes ao balcão e o piso.

Embora ficasse a apenas duas quadras da delegacia, essa era a razão de Dornelas evitar aquela padaria.

Cauteloso, pediu um café, um copo de suco de laranja e um pão de queijo. Na primeira mordida, Cláudio cruzou a porta.

— Bom dia, delegado.

— Bom dia, como vai?

— Tudo bem, graças a Deus. Dona Marilda disse que eu encontraria o senhor aqui.

— Estou beliscando alguma coisa antes de irmos. Saí de casa sem café da manhã. Você quer alguma coisa?

— Não, obrigado.

— Nem um café?

— Um café eu aceito.

Dornelas pediu o café ao rapaz do outro lado do balcão enquanto este voltava com o seu suco de laranja num copo ensebado.

— Você acha que consegue identificar o seu amigo de escola?

— Amigo não, colega de classe.

— Me desculpe.

— Mas acho que posso. O senhor precisa me dar um desconto. Faz muito tempo que não vejo aquele sujeito.

— Confio no seu julgamento.

— No caso de eu conseguir, o que vai acontecer?

— Com você, nada. Com o caso, teremos condições de saber de quem é o corpo que retiramos da baía.

— Posso ficar sossegado? Não quero problemas pro meu lado.

– Fique sossegado – disse Dornelas dando um tapinha no ombro do amigo.

Cláudio olhou para ele com desconfiança. Dornelas pagou a conta e ambos seguiram para a delegacia para pegar o carro. De lá seria uma viagem de quarenta minutos até o Instituto Médico Legal em Marealto, o município vizinho.

Capítulo 10

Uma multidão de mulheres barrava a entrada. Ao sair do carro, Dornelas descobriu de que se tratavam de moradoras do bairro do qual o Instituto Médico Legal fazia parte. Elas reclamavam do carro-fossa que não passava com a devida regularidade. A reclamação, legítima, era de que o esgoto do IML sobrava a céu aberto e o cheiro incomodava a vizinhança. O grupo protestava aos berros e com os braços altos.

Ao verem um delegado se aproximando, o distintivo preso ao cinto, as mulheres o rodearam. Dornelas foi interpelado sem dó. Uma delas, jovem e esquelética, uma tábua ambulante de cabelos oxigenados, barrou-lhe o caminho e o encarou.

— Delegado, nos ajude, por favor! Assim não dá. A gente passa o dia reclamando e ninguém aparece para nos atender. É uma falta de respeito dos diabos.

— Isso é um absurdo — gritou outra, mais atrás.

Distante do grupo, um operador de câmera de uma rede de TV filmava a manifestação. Uma mulher com expressão desesperada correu até lá, postou-se diante da lente e começou a gritar:

— Prefeito Roberto, a comunidade votou em peso no senhor. A gente acreditou na sua promessa de tirar esse necrotério do meio da comunidade. Cadê o senhor, prefeito? É um absurdo o que estão fazendo com a gente.

Assustado, espremido pela multidão e com dificuldade de chegar ao portão de entrada, Dornelas teve medo de dizer que estava fora da sua jurisdição. E mesmo que estivesse, nada poderia fazer. Esse era um assunto da Polícia Militar que, até aquele momento, não havia dado as caras.

Na base do empurra-empurra, Dornelas foi se esgueirando pela massa de mulheres como uma serpente em mato fechado. Sem aviso, uma mão feminina apertou-lhe as nádegas com vontade. Tomado de assalto, o delegado deu um pulo no ar e acelerou o passo. Quando se deu conta, viu-se diante do portão principal.

Ofegante, identificou-se para o vigia na guarita. Cláudio o seguia de perto e fez o mesmo. Passado o sufoco, a caminho da entrada, Dornelas vislumbrou os olhos arregalados das pessoas nos cantos das janelas, no interior do prédio.

O ambiente ficou ainda pior ao ganharem a recepção. Uma mulher puxava os próprios cabelos, as roupas, esperneava aos gritos no chão. A recepcionista, anestesiada pela rotina, anunciou-os para a doutora Dulce Neves, que apareceu num instante e puxou os dois para o corredor interno.

— Evito os familiares — disse Dulce depois de apertar a mão de Cláudio e dar um beijo estalado na bochecha do delegado. — Não que eu seja fria ou insensível, mas a barra aqui já é pesada o suficiente.

Cláudio, de olhos arregalados, não abriu a boca. Mesmo acostumado às agruras da profissão, Dornelas ficou impressionado com a demonstração animalesca de desespero humano.

— Além do mais, só converso com defunto — arrematou Dulce enquanto seguiam corredor adentro, rumo a uma das salas de autópsias.

Dulce Neves vestia calça verde, jaleco, touca descartável de papel — dessas que se ganha para visitas às cozinhas de restaurantes —, sapatos de borracha amarelos e, numa das mãos, segurava uma prancheta decorada com adesivos das Meninas Superpoderosas.

Na primeira sala, um legista serrava o crânio de um rapaz. Dulce os informou de que se tratava do filho da mulher cujos gritos ecoavam da recepção. Se fechasse os olhos e descontasse o zumbido da serra elétrica, Dornelas poderia afirmar de que testemunhava uma tortura na Idade Média.

Dulce os convidou a entrar na segunda sala. Já da porta, Dornelas sentiu o cheiro de formol misturado a sangue coagulado.

Um corpo jazia coberto por um lençol branco sobre uma bancada de aço. Cláudio entrou de braços cruzados e o assombro de quem se dirigia para uma audiência com o Anticristo em pessoa.

– Sabe Joaquim, tenho medo dessa gente, de invadirem o prédio. Ainda bem que é uma multidão de mulheres. Se fosse de homens, eu chamaria a polícia.

– Você tomou alguma medida?

– Acionamos a prefeitura. Ficaram de enviar outro caminhão ainda hoje para limpar a fossa. Vocês tomam um copo de água?

– Não, obrigado – respondeu Dornelas.

Cláudio permaneceu calado, os olhos grudados no lençol. O delegado voltou-se para ele.

– Você pode fazer isso?

O amigo fez que sim com a cabeça. Dornelas repetiu o gesto a Dulce que levantou o tecido desnudando o cadáver até a cintura. Tão logo bateu os olhos no morto, o pescador relaxou, talvez pelo aspecto de espantalho que tinha o corpo naquele estado.

Mesmo com um ponto a cada dois ou três centímetros, o a costura no peito do cadáver fora sem desvios com agulha grossa e barbante de sisal. Das clavículas desciam duas incisões que se encontravam sobre o externo e dali descia apenas uma, formando um "y", que sumia por debaixo do lençol e terminava no púbis. O trabalho primoroso de um alfaiate de defuntos.

– Então, é ele? – perguntou o delegado.

– Difícil dizer. A última vez que o vi, éramos meninos.

Cláudio avançou sobre o corpo e iniciou um estudo detalhado das feições com a mesma frieza de quem analisa um peixe no refrigerador do supermercado.

– As curvas dos olhos, o nariz... pode ser mas... difícil dizer.

Dornelas e Dulce aguardaram pacientemente, em silêncio.

– Faz muito tempo que não o vejo. Ele era bem magro quando menino. Agora está gordo, inchado. Pode ser, mas não sei doutor.

– Pode ser que sim ou que não?

– Difícil dizer, me desculpe.

– Tudo bem – murmurou Dornelas em visível desânimo por ver-se novamente de mãos vazias. – Você tentou. Obrigado por isso.

Ao notar que a consulta terminara e que a dupla se preparava para partir, Dulce encarou o delegado. Seu olhar pedia atenção.

– Cláudio, preciso de um minutinho para conversar com a doutora Dulce. Você pode esperar na recepção? Jogo rápido.

– Sem problemas.

Saiu. Assim que ficaram a sós – sem contar o cadáver sobre a mesa – Dulce se aproximou de Dornelas, acariciou-lhe a aba do paletó à procura de algum fio solto e o encarou de um jeito meloso.

– Pensei muito na conversa que tivemos – ela disse.

Dornelas ficou paralisado e alerta. Dulce prosseguiu:

– Concordo com as condições que você apresentou, dos limites que impôs, de sermos apenas amigos. Isso não diminui o quanto eu gosto de você. Tenho pensado muito em você. Sua amizade é muito valiosa para mim.

Para não dar uma resposta superficial e ferir os sentimentos dela, Dornelas respirou fundo, sentiu os pés como que fincando raízes no chão e lentamente deixou a informação assentar na alma. Encarando-se mutuamente, o momento de silêncio durou uma eternidade, especialmente para Dulce.

– A sua amizade é importante para mim também. Talvez eu tenha chegado a uma idade em que a amizade é mais importante do que o casamento em si. Quem sabe não podemos alimentar um pouco isso para ver no que dá?

Dornelas espantou-se com as palavras tão logo lhe saíram da boca, como se tivessem sido ditas por outra pessoa e não por ele mesmo. Dulce se iluminou de imediato.

– De acordo. Não posso negar que fico muito feliz com o que você disse. Seria demais jantarmos de novo hoje à noite?

Justo no último capítulo da novela?, pensou Dornelas com tanta convicção que ela sacou na hora o motivo da hesitação.

– Na minha casa. Eu cozinho e você assiste à novela. Que tal?

– Difícil recusar.

– Estamos combinados. Espero você o quê,... às oito e meia?

– Estarei lá.

– Não durma, por favor.

– Pode deixar.

Ela lhe deu outro beijo na face para ele sair como um adolescente pelo corredor. Desejou não encontrar Cláudio naquele momento. Não queria dar explicações a ele e muito menos à multidão que permanecia impaciente e barulhenta na rua.

Para não ser acossado pelas manifestantes, Dornelas decidiu deslizar pela porta dos fundos, como um gato. Com muita sorte, não seriam notados ao dar a volta por trás do estacionamento, uma vez que havia deixado o carro na rua lateral. Ao cruzar a porta, ouviu um grito:

– Olha o delegado fugindo pelos fundos.

Ele e Cláudio apertaram o passo. A multidão levou alguns segundos para se dar conta de que ambos corriam para fora do prédio. Para Dornelas, segundos preciosos. Era isso ou ambos passariam o dia trancados no IML de Marealto.

A sorte estava lançada.

Com a turba de mulheres no encalço, ambos sentiram-se correndo pela vida. Foi o tempo exato de entrarem no carro, baterem as portas, o delegado dar a partida, escutarem um sapato bater contra o vidro traseiro e o carro sair cantando os pneus.

No caminho de volta, silêncio total. Intimamente, Dornelas torcia para que o cinegrafista não tivesse filmado o carro de polícia fugindo em disparada, em especial a placa. Seria um vexame público pelo qual ele não estava disposto a passar. Cláudio parecia cismado, alguma coisa lhe incomodava o espírito. Ao chegarem à delegacia, o amigo se abriu.

– Doutor, lembrei de uma coisa sobre o Demo, da época da escola.

– Diga.

– Lembro que ele estava sempre com sede, bebia água o tempo todo. A professora vivia dizendo que aquilo era uma doença.

– Essa sua lembrança ajuda mais do que você imagina. – Dornelas lhe estendeu a mão e disse: – Mudando um pouco de assunto: você vai sair para pescar amanhã?

Cláudio devolveu o aperto de mão.

– Não tenho nada programado. O senhor quer fisgar umas anchovas?

– A que horas?

– Sete, no cais?

– Marcado.

Cláudio deu-lhe as costas e partiu.

★

Ao entrar na delegacia, Marilda entregou-lhe um papelzinho. Flávia havia ligado. Dornelas tirou o celular o bolso e viu uma ligação perdida, número desconhecido. Provavelmente a recebeu enquanto estava no IML, entrando ou fugindo. Seguiu direto para sua sala e fechou a porta. Uma leve batida e Solano enfiou a cabeça no vão.

– Queria falar comigo, doutor?

– Ainda quero, mas daqui cinco minutos. Preciso fazer uma ligação. Chamo você.

Solano recolheu a cabeça como uma tartaruga e fechou a porta. Dornelas puxou o telefone do gancho e discou o número da ex-mulher.

– Oi, Joaquim.

A voz dela soava fria e distante como se emitida de um dos polos da Terra. Ao ouvir seu nome, Dornelas sentiu uma espécie de arrepio subir-lhe pela coluna. Entendeu-o como um sinal de que deveria conduzir a conversa com muito cuidado. Endireitou-se na cadeira e seguiu em frente, medindo as palavras.

– Bom dia, Flávia.

– Você me ligou.

– Liguei. Você tinha acabado de sair para levar as crianças na escola.

– O que você quer?

Pelo tom monocórdio e excessivamente prático, Dornelas notou que Flávia escondia-se atrás de um barril de pólvora com um pavio ao alcance das mãos. Uma palavra em falso, ela o acenderia e era uma vez a conversa. A situação exigia a habilidade de um negociador do esquadrão antibombas em tratativas com um terrorista letal.

– Quero saber se existe a possibilidade de as crianças passarem o final de semana aqui comigo – respondeu em tom claramente confidencial.

– Você não vai poder vir ao Rio de Janeiro? Vai dar um cano nos dois? É o seu final de semana com eles.

Ela acendeu o fósforo.

– Não é bem isso – respondeu sabendo que era exatamente isso. Dornelas podia vê-la aproximando o fogo do pavio. Era hora de ganhar tempo, fazê-la desistir – Estou no meio de uma investigação complicada. A imprensa está em cima da polícia. Você sabe como são essas coisas.

– Vi você na televisão arrastando um cadáver para fora da baía. Uma cena e tanto.

– Pois então, esse é o caso. Não posso sair agora. Daqui a algumas horas teremos uma coletiva de imprensa e sabe lá o rumo que as coisas vão tomar.

– Entendo.

Ele sentiu-se aliviado. O fósforo havia apagado.

– Mas a minha resposta é não.

– Como assim?

– Não, simples assim. Não vou permitir que os nossos filhos, dois menores de idade, entrem desacompanhados num ônibus.

– Mas qual é o problema? Basta você embarcá-los com uma autorização que eu os pego na rodoviária aqui, três horas depois.

– Pois esse é justamente o problema. O ônibus faz duas paradas nessas três horas, as pessoas descem, vão ao banheiro, fazem compras, sobem, e se não sobem, se perdem. Lembre-se de que os nossos filhos são dois caipiras aqui. Eles cresceram nessa sua cidadeca e moram há pouco tempo no Rio de Janeiro. Ainda estão perdidos aqui. É possível que possam fazer essa viagem num futuro próximo. Talvez o ideal seja eles viajarem comigo ou com você, para começar. Mas agora, neste momento, minha resposta é não.

Intimamente, Dornelas sabia que ela tinha razão e que não lhe sobrava alternativa senão concordar.

— Compreendo — disse com pesar, arrasado por se ver obrigado a decepcionar os filhos. — A que horas eles voltam da escola?

— Meio dia e meia.

— Eles vão almoçar aí com você?

— Sim.

— Muito bem. Ligo para falar com eles na hora do almoço.

Como se não bastasse a agonia, Flávia arrematou:

— Esse seu trabalho é um inferno, Joaquim. Uma coisa é você me magoar, nunca estar em casa, colocar nosso casamento depois do trabalho. Outra coisa é magoar os nossos filhos. Você sabe como eles vão ficar tristes quando souberem que você não poderá vir pra cá.

— Eu sei. Podemos falar sobre isso depois?

— Podemos.

— Um beijo.

— Outro.

Bsteu o telefone e, com o fim da ligação, desapareceu a culpa que havia surgido ao falar com a ex-mulher. Inexplicavelmente, um alívio fresco e repentino apareceu e Dornelas constatou que a separação o embarcara numa jornada pessoal, um caminho novo, inexplorado, que não existia antes e não existiria de outra forma. Um caminho só dele, que lhe exigiria sacrifícios tremendos, como o que estava enfrentando naquele momento, ao ver-se obrigado a se distanciar ainda mais dos filhos.

A vida o estava testando. Orgulhou-se ao notar isso.

Porém assustou-se que para tomar conhecimento do estado da sua alma, fora necessário dar um cano nos filhos e discutir com a ex-mulher. De um jeito estranho, a investigação em curso – o trabalho que Flávia tanto criticava – o ajudava a se manter na rota.

Pensou em como seria difícil dar explicações a ela sobre tudo isso. E mesmo que conseguisse, não o faria. Não mais. Flávia dera o passo para longe dele e de certa forma o libertara de algo que lhe encarcerava a alma. Dornelas viu-se novamente senhor de si. Sentiu-se aliviado por não ter sido sua a decisão que o distanciara dos filhos. Mas estaria no céu se os tivesse mais perto.

Resignado, saiu da sala e seguiu direto para a do seu subordinado mais próximo. Solano dedilhava o teclado do computador quando o chefe parou sob a soleira e perguntou:

– Pode falar agora?

– Claro, doutor.

– Topa um café?

O investigador fez que sim com a cabeça e seguiu Dornelas até a copa. O delegado preparou os dois cafés, apoiou-se na pia e explicou, em meia hora, o rumo das investigações: as conversas com Maria das Graças, Adalberto e Marina Rivera, o tijolo jogado na sua janela, a coletiva de imprensa com Amarildo Bustamante, a ligação de Nildo Borges que o deixou confuso, o fato de Cláudio não ter identificado o Zé do Pó no IML e a visita marcada na Peixe Dourado, para aquela tarde.

– Gostaria que você fosse comigo. Com Peixoto de licença e a pressão da imprensa, não tenho tido tempo de dividir o caso com mais ninguém.

– Combinado, doutor.

– Onde estão Lotufo e Caparrós?

– Lotufo está envolvido no caso do sujeito que fuzilou o amante da esposa. E Caparrós em campo, devolvendo para o proprietário o carro roubado há duas semanas e encontrado ontem.

Rotina da rotina, pensou Dornelas, cabisbaixo.

– Doutor, eu sei que não é da minha conta, mas está tudo bem com o senhor?

– Coisas de família. Vai passar.

– Me diga se posso ajudar em alguma coisa.

– Obrigado.

Dornelas olhou o relógio. Passava do meio dia. Com a coletiva de imprensa marcada para as duas na sede da prefeitura, planejou passar em casa para comer alguma coisa, ligar para os filhos e passear com o cachorro.

– Nos vemos aqui às três e meia?

– Marcado – respondeu Solano.

O investigador voltou para sua sala e Dornelas seguiu para casa. O sol na rua estava abrasador.

★

Ao entrar em casa, deparou-se com Neide na porta, bolsa a tiracolo, pronta para ir embora.

– O senhor quer que eu prepare alguma coisa para comer antes de eu sair, doutor?

Ao imaginar um goró naquele calor, aceitou.

– Uma salada: alface, tomate, cenoura e um punhado de azeitonas. Se tiver, muçarelinhas de búfala também, por favor.

– É pra já.

Dornelas foi direto para o chuveiro. Um banho o ajudaria a refrescar o espírito, o preparativo ideal para a conversa com os filhos e a coletiva de imprensa. Começou a despir-se devagar. Ao baixar a cueca, o telefone tocou. Correu nu para o quarto e atendeu.

– Pai?

– Oi, minha filha. Como cê tá?

– Tudo bem. E com você?

– Bem também... na verdade triste por não poder passar o final de semana com vocês.

– Mamãe falou – a voz dela não se alterou com a notícia.

– Tá tudo bem pra você?

– Tudo bem, sem grilos.

– Você não está triste, nem um pouquinho?

– Nadica de nada. Eu entendo o seu trabalho, na boa.

Dornelas surpreendeu-se com a maturidade da filha. Não esperava uma atitude tão elevada de uma menina de doze anos.

– Desculpe, filha. Estou trabalhando num caso complicado e não conseguirei sair da cidade neste final de semana.

– Tô sabendo, relaxa.

– Mesmo?

– Na boa mesmo. Eu e o Luciano estamos bem aqui. Você vem quando puder. Certo?

– Certo – respondeu Dornelas, perplexo.

– Então tá, pai, se cuida. Hoje eu tenho uma festa, de uma amiga da escola. A mamãe comprou um vestido novo pra mim, tipo assim, muito lindo.

– Aproveite... mas com juízo, mocinha.

Com uma filha à beira da puberdade, Dornelas não podia deixar de interpretar o impopular papel repressor que certos pais são obrigados a representar, vez ou outra.

– Ah, pai, relaxa – desabafou Roberta.

– E o seu irmão, está por aí?

– Ele tá de saída para o treino de futebol. Ah, peraí que ele tá vindo pra falar com você. Um beijão, pai. Te amo.

– Eu também, filha.

– Oi, pai – disse Luciano ao tomar o telefone.

– Oi, filhão. Como cê tá?

– Tô saindo pro treino de futebol.

– Capricha.

– Pode deixar.

– Me desculpe por não poder passar este final de semana com vocês. Falei com a sua mãe, mas nós achamos que ainda não é hora de vocês viajarem sozinhos de ônibus.

– Tá desculpado.

Da voz de Luciano emanava uma paz que ele não sentiu quando se falaram no dia anterior.

– Te amo, meu filho.

– Eu também, pai. A gente é amigo, né?

– Sempre.

– Então tá. Beijão.

– Outro pra você.

Desligaram. Dornelas entrou no chuveiro com os pensamentos rodopiando em alta velocidade. Jamais poderia imaginar que seus dois filhotes, de dez e doze, fossem capazes de demonstrar tanta maturidade em tão pouco tempo.

Há pouco mais de um mês, os dois não passavam de duas criançolas agarradas à saia da mãe. Embora Dornelas vivesse com eles, em espírito estava ausente. Agora, longe dele, na cidade grande, ambos se comportavam como pequenos adultos, resolutos e esclarecidos da sua situação e da dos pais. *Talvez a separação tenha sido boa para todos*, pensou. Certamente obrigou-os a se virarem por conta própria, o que aconteceu muito antes do que ele poderia imaginar. *Agarrar-se a um casamento sem amor não foi uma ideia tão boa assim*, ponderou. Sem o ingrediente necessário para desbastar as arestas da vida cotidiana, o casamento se tornou triste e melancólico, burocrático até. O sofrimento decorrente contaminou a família como uma doença que age devagar, imperceptivelmente derrubando as defesas do corpo, um pouco a cada dia. Quando ele e Flávia se deram conta, a situação era irreparável.

Felizmente, todos agora davam sinais de cura. As provas estavam a uma ligação de longa distância. Pelo que escutou dos filhos e por sua conversa com Dulce, alegrou-se por sentir que as nuvens sobre a sua vida começavam a se dissipar. O sofrimento dava mostras de estar chegando ao fim.

Banhou-se contente, vestiu-se e desceu para comer a salada que Neide deixara sobre a mesa da sala de jantar. Devorou-a com gosto, passeou brevemente com o cachorro e saiu. A coletiva de imprensa começaria em meia hora.

Capítulo 11

Depois de seguidos escândalos de super faturamento, desvios de verbas e pagamentos de propinas – todos alardeados pela mídia e sem nenhum criminoso atrás das grades – o prefeito de Palmyra decretou, assim que assumiu o cargo, cumprir uma de suas promessas de campanha e transferir a sede da Prefeitura do Centro Histórico para a parte nova da cidade.

A mudança tinha como objetivo enviar um sinal claro aos eleitores de que a malversação do dinheiro público havia acabado, ficado para trás, abandonada na antiga sede. O tempo provou o contrário. Os cupins da gestão pública, impossíveis de eliminar, já haviam se infiltrado nos alicerces da nova sede antes mesmo de a mudança chegar.

Dornelas cruzou o portão de entrada quinze minutos antes do início da coletiva de imprensa. O sol quente agitava o ar. As bandeiras do Brasil, do Estado e do Município drapejavam em mastros fincados no chão, diante do sobrado grande e recém pintado de um branco imaculado. A intenção era clara: esconder as manchas na reputação da Prefeitura.

Jornalistas, fotógrafos e cinegrafistas fumavam do lado de fora. Ao verem o delegado chegar, houve um arremesso e pisoteio coletivo das bitucas e todos correram ao encontro dele.

– Só na coletiva. Sinto muito – adiantou-se Dornelas antes da rajada de perguntas.

– Mas delegado, o corpo era mesmo o de um traficante? – insistiu um jornalista franzino com um microfone na mão. O jeito empertigado, os olhinhos pretos e o topete repartido ao meio davam a ele as feições de um cãozinho chinês, servil e irritante, igual ao que Dornelas vira ser adestrado num programa de televisão.

– Sinto muito. Só mesmo na coletiva.

E cruzou a porta de entrada para ser envolvido por uma lufada de ar fresco. Para seu alívio, o ar condicionado da Prefeitura funcionava a plena capacidade.

Identificou-se na recepção e foi encaminhado à última porta à direita, ao final do corredor. O pessoal da imprensa se apoiava nas paredes de ambos os lados. Dornelas se lembrou do Corredor Polonês que ele e os primos brincavam na infância, na casa do avô. Um deles era sorteado e golpeado a travesseiradas e chutes no traseiro enquanto percorria as duas fileiras de crianças. Dornelas divertia-se com isso.

Entrou na sala e logo avistou o chefe de pé, ao lado da mesa, sobre o palco.

– Boa tarde, Joaquim – disse Amarildo.

– Boa tarde. Onde o senhor quer que eu fique? O que quer que eu faça?

Ao terminar a pergunta, Dornelas viu uma plaquetinha com o seu nome sobre a mesa, ao lado da do chefe.

– Quero que fique ao meu lado. Você será o meu apoio para o caso de algum jornalista ardiloso querer me pegar em detalhes que desconheço.

– Combinado – consentiu orgulhoso pela consideração e confiança que o chefe depositara nele.

– Você ficou de me dizer se o seu amigo identificou o corpo.

A felicidade durou pouco.

– Me perdoe, mas infelizmente não. Não diretamente, pelo menos.

– Como assim?

– Faz mais de vinte anos que o meu amigo não via o José dos Anjos. Ao ver o corpo, ele não teve certeza de que era o colega de classe. As feições de um rosto podem mudar bastante nesse tempo. Mas lembrou que o menino se mostrava com sede o tempo todo. A professora dizia que era uma doença.

– Diabetes – completou Amarildo.

– Exato.

– Já é alguma coisa. Embora não seja a comprovação definitiva que precisamos.

– Concordo. Mesmo assim, acho melhor não divulgarmos o nome para a imprensa ainda, por mais que seja muito improvável que Palmyra tenha dois poderosos traficantes de drogas que sofram de diabetes.

– Improvável, mas não impossível – ponderou o chefe. – Mas concordo com você. Vamos manter o nome em sigilo até termos absoluta certeza.

Dornelas assentiu com a cabeça bem na hora em que a Chefe de Gabinete do Secretário de Segurança interferiu.

– Doutor Amarildo, delegado, vamos começar? – disse ela.

– Você é quem manda – respondeu o chefe.

O Secretário de Segurança Pública de Palmyra, o Comandante Regional da Polícia Militar, a coordenadora do Grupo de Combate ao Crime Organizado, Amarildo e Dornelas, ambos da Polícia Civil, além do Promotor Público do Município, nessa ordem, se sentaram nas cadeiras atrás das plaquetinhas com seus devidos nomes impressos, para o caso de algum jornalista desavisado não saber para quem dirigir as perguntas.

Diversos microfones estavam enfileirados sobre a mesa como serpentes famintas, os fios emaranhados e pendentes pela borda.

Ao perceberem a movimentação das autoridades, os jornalistas correram para tomar seus lugares, cinegrafistas ligaram suas câmeras no fundo da sala enquanto fotógrafos ocuparam a primeira fila do pequeno anfiteatro. A sala lotou em poucos minutos com gente sentada no chão e apoiada nas paredes, o que dava ao evento uma importância que Dornelas sequer imaginara.

O caso certamente agitara a opinião pública graças a uma boa dose de exagero. Aquele não era o primeiro e nem seria o último traficante encontrado morto, mas como a imprensa estava carente de uma matéria escandalosa, o Crime do Mangue se tornou o caso perfeito para saciar o apetite de leitores ávidos por sangue fresco.

O Secretário de Segurança Pública apanhou o único microfone sobre um pequeno pedestal enquanto um silêncio absoluto tomava conta do ambiente.

– Boa tarde, senhoras e senhores. Meu nome é Rodney Silvestre, sou Secretário de Segurança Pública do Município de Palmyra. Agradeço a presença de todos aqui presentes.

O homem destampou uma das garrafas de água sobre a mesa, serviu-a num dos copos e bebeu alguns goles. Pigarreou.

– Me perdoem. Convocamos essa coletiva de imprensa com o objetivo de dar mais esclarecimentos sobre esse crime, cometido num dos pontos mais conhecidos do nosso município.

Então esse é o motivo de todo o espetáculo, pensou Dornelas. *O corpo foi encontrado no cartão postal da cidade, a foto que faz de Palmyra um destino turístico conhecido e desejado em todo o mundo: o mar, o cais, a igreja de Santa Teresa, o mercado, as palmeiras imperiais, as montanhas ao fundo.*

Para não afastar os turistas – as galinhas dos ovos de ouro – a Prefeitura tinha a obrigação de enviar um sinal à opinião pública, brasileira e internacional, de que o tráfico de drogas do município estava sob controle e de que aquele crime era um caso isolado, uma fatalidade. Um corpo no mangue não passava de um dano colateral.

– Por isso – prosseguiu o secretário –, convocamos as autoridades competentes do Município para que forneçam mais informações a todos vocês.

Depois de cada autoridade colocar a sua posição sobre o caso, uma sucessão de perguntas foi disparada para cada uma. Entre todas as respostas, nenhuma novidade surgiu. O *show* continuava e Dornelas permanecia quieto, aguardando as instruções de Amarildo, caso este precisasse dele. Uma moça vestida com um *tailleur* apertado cuidava de levar o microfone para os jornalistas. Em dado momento, o cãozinho chinês levantou a mão. A moça deu a volta na sala e ele agarrou o microfone.

– Essa pergunta é dirigida ao delegado Joaquim Dornelas.

Pêgo de surpresa, Dornelas endireitou-se na cadeira.

– Delegado, o senhor confirma que o corpo encontrado no mangue era do Zé do Pó, ou melhor, do José Aristodemo dos Anjos? – perguntou enquanto lia um papelzinho sobre o colo.

Amarildo Bustamente arregalou os olhos e virou-se para Dornelas que procurou não demonstrar surpresa.

– Não confirmo. Ainda não tivemos uma identificação definitiva do corpo.

– Isso quer dizer que pode ser o Zé do Pó?

Como eu gostaria que aquele adestrador desse uma surra nesse cachorro, pensou Dornelas.

– Quer dizer apenas que ainda não sabemos quem ele é – arrematou o delegado na esperança de ter colocado um ponto final à questão.

O repórter baixou o microfone, pensativo. Parecia satisfeito. Amarildo relaxou. De súbito, o cãozinho chinês levantou o microfone novamente.

– Mais uma pergunta, delegado. O senhor já sabe quem atirou um tijolo contra uma das janelas da sua casa?

Amarildo deu um salto na cadeira e grudou os olhos em Dornelas, que ficou lívido de repente. Dona Carmelina certamente tinha dado com a língua nos dentes. Um atentado contra a casa de um delegado é um assunto interessante demais para se manter em segredo.

– Ainda não. Mas estamos investigando se esse atentado tem a ver com o caso.

– Obrigado.

A moça recolheu o microfone das mãos do repórter e o passou a outro jornalista, que fez uma pergunta insossa a outra autoridade que deu uma resposta burocrática. E isso se seguiu até o final da coletiva. Visivelmente irritado, Amarildo chamou Dornelas para um canto tão logo a sala esvaziou e o burburinho se aquietou.

O delegado se preparou para tomar uma espinafração.

– Como você explica que um jornalista saiba da identidade do morto se não demos essa informação à imprensa?

Dornelas vasculhou a mente, rememorou alguns fatos e teve uma revelação. Explicou ao chefe a visita ao Instituto Médico Legal, a multidão do lado de fora, a imprensa, a fuga pela porta dos fundos.

– A única hipótese é que esse jornalista era o mesmo que cobria o tumulto diante do IML e, de alguma forma, conseguiu a informação com um funcionário apavorado.

– Mas se o seu amigo não identificou o cadáver, como pode?

– O nome constava no relatório. Estava apenas aguardando uma confirmação.

– Entendo.

– Ou talvez – retomou Dornelas – ele tenha uma conexão com a mesma fonte de Nildo Borges.

– Essa é a mais provável.

– Vou me encontrar com Nildo daqui a pouco. Vou investigar a fundo sobre a fonte que deu a ele a informação sobre Zé do Pó.

– Cuidado com esse homem.

– Pode deixar.

– E por que você não me contou sobre o atentado na sua casa?

– Doutor Amarildo, não deu tempo – desabafou.

– Joaquim, entre nós, tire o doutor, por favor.

Dornelas fez que sim com a cabeça e prosseguiu:

– Aconteceu ontem à noite, pouco depois de eu entrar em casa, perto das sete. O tijolo atravessou uma das guilhotinas da frente. Havia um bilhete junto, preso por um barbante.

O chefe olhou ao redor e se aproximou de Dornelas de modo conspiratório, ávido pela informação.

– Estava escrito: não se meta onde não foi chamado.

Amarildo inspirou a frase lenta e profundamente.

– Estamos mexendo num ninho de cobras, Joaquim. Algo muito maior se esconde por trás desse corpo – disse o chefe com o tom misterioso de uma cartomante. – Tenha cuidado.

– Pode deixar.

— E por favor, me mantenha informado sobre cada passo que você der. A imprensa está atrás de mim também.

Apertaram as mãos e cada um seguiu o seu caminho. Dornelas saiu da Prefeitura e foi direto para a delegacia. Faltavam quinze minutos para as quatro e ele ainda precisaria se encontrar com Solano antes de seguirem para a Peixe Dourado.

★

Ao chegar à delegacia, Solano já esperava ao lado do carro com a chave na mão, ansioso e prestativo como um vendedor de automóveis na entrega de um carro novo.

— Enquanto converso com Nildo Borges, procure olhar em volta, circular um pouco. Dois pares de olhos funcionam melhor do que um — disse o delegado enquanto entravam na estrada para dar a volta na baía. A Peixe Dourado ficava ali, fora da cidade.

Solano assentiu calado e risonho, pois conhecia bem o trabalho que deveria desempenhar. Dornelas confiava nele e ele sabia disso.

— Pode deixar, doutor.

Um breve silêncio e o delegado disse:

— Não sei o que esperar desse encontro.

A confissão pegou Solano de surpresa, pois nunca foi da natureza do chefe se expor dessa forma.

— Por que diz isso, doutor?

— Pense comigo. Se Marina Rivera contou ao Nildo sobre a conversa que tivemos, a essa altura o vereador já deve ter sumido com a papelada da empresa, tudo que possa comprometê-lo, se é que existe. Se ela não contou, e Nildo está apenas desempenhando o papel de político prestativo, a papelada pode estar na empresa. De novo, se é que existe. Está me acompanhando?

— Perfeitamente.

— Muito bem. E mesmo que ela não tenha contado e a papelada realmente exista e esteja na empresa, não podemos colocar as mãos nela sem um pedido judicial. Se dermos margem para ele suspeitar de que entraremos com um pedido judicial para investigar as contas da empresa, ele acabará sumindo com tudo assim que sairmos.

– Entendi... mas não entendi ao mesmo tempo.

– O que você não entendeu?

– O que vamos procurar então.

– Vamos procurar aquilo que ele quer que encontremos, seja lá o que for. Dependendo do que seja, saberemos o quão prestativo ele está realmente sendo ou se está escondendo alguma coisa.

– Mas como o senhor supõe que, caso a papelada exista, ela está na empresa? Por que ele manteria arquivos ou livros de caixa dois, que comprometem a empresa, na própria empresa?

– É uma boa pergunta para a qual eu tenho uma resposta: por que a Peixe Dourado fica isolada da cidade, do outro lado da baía, à beira-mar. No caso de uma fiscalização, a fuga é fácil e rápida. É o lugar mais seguro para se manter os arquivos. Se a empresa está envolvida com tráfico de drogas, é o lugar ideal, pois acredito que os pagamentos aos pescadores sejam feitos sempre em dinheiro assim que a mercadoria é entregue. Toma lá dá cá, meu velho.

– Faz sentido. Mas onde entra o Zé do Pó nesse esquema?

– Tá afiadinho hoje, heim!

Solano não respondeu à provocação, pois via na fisgada do chefe uma intimidade típica das amizades fraternais. E isso o agradava.

– O Zé do Pó pode ser o elo entre a Peixe Dourado e os pescadores – explicou o delegado. – Uma empresa respeitada como essa não colocaria um funcionário com carteira assinada para tratar disso e sim alguém de fora, um traficante conhecido, para o caso de dar algum galho a empresa ter margem de manobra para se isentar das acusações, dizer que não sabia de nada.

Solano impressionou-se com o raciocínio do chefe.

– Por isso, quero que você olhe em volta com muita discrição. Vou fazer o papel de rainha da Inglaterra. Você será os meus olhos nesse encontro.

– Deixa comigo.

Capítulo 12

O vigia, impressionado por ver um carro de polícia se aproximando, apertou um botãozinho e abriu o portão antes mesmo de o veículo parar. Sem se dar ao trabalho de anotar os dados do veículo, de Dornelas ou de Solano, o homem os instruiu para que seguissem direto para a recepção, no prédio principal.

Dornelas estacionou o carro diante de uma construção térrea de blocos de concreto e janelas de vidro de correr, encastoado no topo de uma pequena baía. Uma estradinha asfaltada serpenteava o morro até o mar. A meio caminho de lá havia uma construção similar e, ao final, a beira-mar, uma espécie de galpão industrial de onde saía um pequeno cais. Quatro barcos de pesca estavam aportados nele.

O delegado desceu do carro e seguiu triturando o cascalho até a recepção. Solano o seguiu. Já passava das quatro. O sol não dera trégua o dia todo. Cruzaram a porta envidraçada e alegraram-se com a lufada fresca do ar condicionado.

Uma mulher mirrada os aguardava detrás de um pequeno balcão. Ela usava os cabelos presos num rabo de cavalo, maquiagem em excesso e um *tailleur* amarelo gema. Assim que os viu, lavantou o indicador no ar – um pedido de tempo – enquanto falava num fonezinho preso a uma das orelhas e distribuía as chamadas com uma eficiência espantosa em um aparelho de PABX, os dedos voando sobre as teclas. Dornelas imaginou-a na fileira central de um avião de carreira com um salva-vidas em volta do pescoço dando instruções de segurança aos passageiros.

– Pois não? – perguntou ela assim que surgiu uma brecha entre as chamadas.

– Temos uma reunião marcada com o senhor Nildo Borges. Sou o delegado Joaquim Dornelas. Este é Vladimir Solano. Estamos um pouco atrasados.

A moça não se impressionou.

– Vou anunciá-los. Por favor, sentem-se. – apontou para três poltronas baixas que circundavam uma mesinha de centro. Em cima dela, revistas velhas de fofoca espalhadas. Ambos se sentaram.

Nem deu tempo de escolher uma revista e a aeromoça os chamou para que entrassem numa sala de reuniões adjacente à recepção. Assim que Dornelas e Solano entraram, se sentaram e a moça saiu, uma copeira impecavelmente vestida apareceu com uma bandeja e duas xícaras de café e dois copos suados com água gelada.

– Obrigado – disseram em uníssono antes de a copeira sair e fechar delicadamente a porta.

Não demorou para Nildo Borges entrar de rompante, quase arrancando a porta do batente.

– Meu caríssimo delegado Joaquim Dornelas – esticou a mão sobre a mesa sendo prontamente atendido assim que o delegado se levantou. Solano o seguiu.

– Boa tarde, vereador. Desculpe o atraso. Tivemos uma coletiva de imprensa na prefeitura que acabou se alongando além do previsto.

– Vereador não. Aqui sou apenas Nildo.

– Assim seja – arrematou Dornelas. – Este é Vladimir Solano. Ele trabalha comigo.

– É um prazer conhecê-lo.

Solano e Nildo apertaram as mãos. Os três se sentaram.

– Acompanhei a coletiva pela televisão. Pelo que vi, a investigação está andando de lado, não está, delegado? – indagou Nildo, com aparente sarcasmo.

– Absolutamente – retrucou Dornelas.

– Então o senhor deve saber de coisas que eu não sei.

– Da mesma forma que eu desconheço o que acontece na Câmara dos Vereadores.

– Verdade, verdade – disse Nildo, jogando o corpo para trás

na cadeira e coçando o pescoço com uma das mãos. Assim que terminou o que parecia um ato estudado, tomou um gole de água e bebericou o café.

Dornelas notou que Nildo Borges não estava em seu estado normal. Alguma coisa nele estava fora de lugar, fora de equilíbrio. E não era a falta da gravata, do paletó, nem dos cabelos usualmente penteados e cobertos de gel, agora desalinhados e revoltos, que davam a ele o aspecto desgrenhado de um dragão marinho que acabou de vir à tona. Não era isso, era algo mais fundo, abaixo da linha da superfície que Dornelas não conseguia identificar. E isso o incomodava. Talvez aquele fosse o verdadeiro Nildo Borges, e não o outro, o alinhado e esticadinho que ele conhecera na Câmara dos Vereadores.

— Vamos aproveitar a sua visita, delegado. — disse Nildo ao por-se em pé num ímpeto — Tenho muito o que mostrar sobre como funciona este negócio.

— Será um prazer.

Dornelas e Solano ficaram de pé, seguiram Nildo para fora da sala, do prédio e subiram num carrinho elétrico, desses usados por golfistas preguiçosos. Nildo assumiu a direção tendo Dornelas ao seu lado. Solano se sentou no banco de trás.

— Essa é a maneira de eu me movimentar por aqui. Sem isso, posso ter um enfarte ao subir essa ladeira — disse Nildo ao iniciarem a descida para o prédio da meio caminho do mar. — Saímos da sede administrativa, onde ficam as contas a pagar, receber, o escritório, onde se mexe com o dinheiro, por assim dizer. Nada incomum.

Como o caixa-dois, pensou Dornelas.

O carrinho começou a deslizar ladeira abaixo sobre um tapete de asfalto, de tão impecavelmente liso que era. Ouvia-se apenas um leve zunido do motor elétrico.

— Estamos nos aproximando do prédio onde mantemos o centro de pesquisas e o cultivo das ostras que produzimos e vendemos.

Nildo estacionou o carrinho sob a sombra de um chapéu-de-sol. Desceram e entraram no que parecia uma antessala pobre e acanhada, sem nenhum móvel. Ele cumprimentou um sujeito de cabelos longos e grisalhos usando jaleco branco e calças jeans, que saía pela porta para a qual se dirigiam. Ao cruzarem a soleira, Dornelas e Solano viram alinhados contra as paredes diversos tanques do tamanho de caixas de água. Ao se aproximar da primeira, viu ostras enormes grudadas em telhas e garrafas plásticas submersas em água salgada. Pequenas bolhas espocavam na superfície.

A sala ocupava quase toda a extensão do prédio e tinha um odor carregado de sal e algas secas. O mostrador do ar condicionado ao lado da porta marcava vinte e cinco graus centígrados.

– Aqui é o nosso berçário, onde produzimos as sementes das ostras que cultivamos no mar – disse Nildo assim que viu Dornelas se debruçando para olhar dentro de um dos tanques. – Neste ambiente conseguimos controlar a temperatura da água e também a disponibilidade de alimento.

– Nesta sala são produzidas cem por cento das sementes? – perguntou Solano.

– Infelizmente, não – respondeu Nildo. – Aqui produzimos apenas um terço do que precisamos. Para complementar nosso plantel, compramos sementes de outros criadouros e fazemos a coleta de sementes diretamente no mar usando telhas e garrafas plásticas de dois litros, sem o fundo. Para que as sementes possam se fixar e depois serem retiradas facilmente, estes artefatos são banhados em uma solução de cal, gesso e areia fina.

Uma pequena pilha de telhas secas aguardava para receber o banho sobre uma mesa no centro da sala. Garrafas plásticas sem os rótulos estavam enfileiradas debaixo dela. Nildo prosseguiu:

– Somos um dos três produtores certificados no Estado do Rio de Janeiro para *Crassostrea rizophorea*, a espécie mais comum da costa brasileira. Mas como essas ostras nativas às vezes atrofiam e não crescem, somos obrigados a comprar o terço restante de universidades brasileiras ou de produtores no exterior da espécie *Crassostrea gigas*, a ostra japonesa, mais resistente e com boa aceitação no mercado. Porém, ela precisa de água com temperatura mais baixa, o que exige mais cuidado da nossa parte. Vale a pena.

– E como é feito o cultivo? – indagou Dornelas, temeroso em se mostrar um completo ignorante no assunto.

– No caso da ostra japonesa, usamos o sistema de lanternas fixas espalhadas por espinhéis de 50 metros ao longo da baía, com espaçamento de 5 metros entre uma e outra. Estamos em uma enseada abrigada. Menos que isso, as ostrinhas não obtém alimento suficiente para se desenvolver – E antes que lhe perguntassem, se apressou em dizer – Temos autorizações da Capitania dos Portos para isso.

Ele iniciou uma lenta caminhada ao longo dos tanques e vez por outra roçava a mão na aguinha gorgolejante. Dornelas decidiu manter a atenção sobre o político para que Solano, mais atrás, ficasse livre para dar suas olhadas aqui e ali. Nildo o intrigava, pois se esforçava para esconder alguma coisa numa atuação sofrível.

– Em cada lanterna cilíndrica, de aproximadamente 2,5 metros de altura e pouco mais de 30 centímetros de largura, inserimos sementes previamente selecionadas com tamanho entre 5 milímetros e 7 milímetros, nos 5 ou 7 pisos de cada uma delas. Usamos malhas com aberturas entre 3 milímetros, 8 milímetros e 12 milímetros, dependendo da fase de cada ostrinha: berçário, intermediária ou definitiva.

Arregaçando uma manga da camisa, Nildo enfiou o braço nu na água e de lá tirou uma telha com ostras grudadas do tamanho de punhos fechados, talvez as matrizes. Dornelas olhou para a concha com certo espanto, imaginando a trajetória evolutiva errática que transformou um molusco antidiluviano no homem moderno, tal qual sugeriu Darwin. E lamentou que a espécie humana, na sua estupidez e ganância, tenha se tornado um dos maiores predadores do seu próprio ancestral.

Nildo devolveu a telha ao fundo do tanque e buscou, num gancho preso à parede, uma toalha para secar o braço. Prosseguiu:

– A fase de criação se estende de março ao início de maio de cada ano com a colheita prevista para o mês de outubro, podendo ser realizada até no máximo o início de dezembro. Se não o fizermos antes do calor do verão, perdemos tudo.

Ele cruzou a sala e apontou para dentro de um dos tanques, sem tocar a água.

— Já para essa aqui, a nativa, facilmente encontrada no mangue aqui do município, além da *Crassostrea brasiliana*, utilizamos um tipo de bandeja que chamamos de "travesseiro". Os travesseiros são fixados horizontalmente em mesas colocadas no fundo do mar raso, feitas de vergalhões de aço de construção de 16 milímetros.

O vereador conduzia sua explicação com gestos espaçosos dos braços no ar. Dornelas o observava intrigado enquanto o homem prosseguia sem hesitação.

— As mesas são instaladas nas margens. Nós as posicionamos numa profundidade para que as ostrinhas permaneçam submersas e só fiquem fora da água nas marés grandes ou de lua, quando fazemos o manejo. Submersas, elas filtram 24 horas por dia e crescem mais. Para que eliminem os parasitas, elas precisam levar um castigo, que consiste em deixá-las descobertas a cada 15 dias.

— Depois de colhidas, como são comercializadas? — perguntou Dornelas, interessado em saber se existiria uma brecha em alguma das fases da produção onde poderia se encaixar algum tipo de comércio ilícito.

— Nós as comercializamos *in natura*, na concha, "mariscada" como dizemos, em caixas plásticas refrigeradas e retornáveis, tendo como unidade de venda a dúzia. Uma vez que obtemos o selo de certificação, somos inspecionados pelas autoridades sanitárias em todas as fases do cultivo, do berçário à colheita e depois no transporte. Por questão de higiene e qualidade do produto, fazemos entregas a clientes num raio de 150 quilômetros, no nosso furgão. Mais distante do que isso, os clientes retiram as ostras aqui.

— Quem são seus clientes?

— Restaurantes, supermercados, peixarias. Esses, porém, em menor escala.

— Você exporta?

– Ostras, ainda não. Mas pretendo fazê-lo em breve. Os mercados de fora criam regras absurdas para proteger seus próprios produtores. Isso acaba inibindo esse tipo de comercialização.

– Protecionismo – completou Solano.

– Exato. Para evitar algumas das barreiras, principalmente com relação às conchas, que carregam parasitas, chegamos a considerar a comercialização fazendo o beneficiamento das ostras, removendo-as das conchas, embalando-as e conservando-as sob refrigeração. Por mais que eu ganhe mais com isso, abandonei o projeto. É muito trabalho e ainda não tenho gente qualificada para o serviço. E a burocracia é de enlouquecer. Talvez no futuro.

Se existe alguma coisa de errado, não é na produção de ostras, pensou Dornelas, impressionado não apenas com as instalações, mas com o conhecimento de Nildo Borges sobre o assunto.

– Vamos descer ao cais? Quero mostrar o que fazemos com os pescados – disse Nildo.

Os três saíram da sala, do prédio e subiram novamente no carrinho elétrico. O sol de fim de expediente derretia-se sobre o mar calmo da baía, o reflexo esticado como o quadro *Relógio Derretido* de Salvador Dali. O ar inerte e o bafo escaldante deram a Dornelas a sensação de estar sendo cozido num forno de microondas a céu aberto.

Nildo conduziu o carrinho ladeira abaixo com a ajuda do freio e estacionou o veículo sob a sombra do enorme galpão retangular instalado à beira-mar. A estrutura metálica, uma gigantesca gaiola, era revestida por placas onduladas de aço galvanizado pintadas de branco, assim como o telhado de duas águas. Parecia mais um hangar de aviões do que uma processadora de pescados.

No centro, um caminhão refrigerado saía com folga por um imenso portão. Alguns funcionários circulavam por ali vestidos com jalecos e capacetes brancos. Anexo ao galpão, um emaranhado de tubos e cilindros prateados, azuis e amarelos soltavam fumaça para todos os lados e direções. Dornelas viu-se entrando no que parecia o esconderijo do vilão de um dos filmes de James Bond.

— Esta é a nossa unidade de processamento — disse Nildo de braços abertos assim que entraram no imenso vão livre do interior. — Do lado direito, temos a sala de treinamento e de reuniões, o consultório médico, o ambulatório, a sala de segurança no trabalho, a lavanderia, os vestiários e o refeitório.

Nildo deu alguns passos para o lado oposto.

— E deste, a gerência de produção, o controle de qualidade, o serviço de inspeção federal, a sala de processamento além, é claro, da sala de máquinas, onde ficam os refrigeradores. Sem o frio, seria impossível garantir a qualidade dos nossos produtos.

Como que atraído por um ímã, Dornelas fixou-se no portão dos fundos, igual ao da entrada, de onde uma longa rampa de cimento ligava o galpão a um pequeno porto flutuante. Quatro barcos de pesca estavam amarrados nele, os mesmos que ele vira do portão de entrada. De um deles, um barco velho e descascado de nome Cê Que Sabe, escrito toscamente na proa, eram descarregadas caixas plásticas que continham gelo picado até as beiradas. Assim que saíam do barco, as caixas eram colocadas sobre outro carrinho elétrico estacionado em frente, sobre o pequeno píer.

Solano captou no ar o pensamento e o desejo do chefe.

— Venha conhecer a sala de processamento, delegado. O senhor vai ver que trabalho lindo desenvolvemos aqui.

Como se o convite se limitasse ao chefe, Solano se desgarrou da pequena comitiva e sorrateiramente se dirigiu à rampa enquanto Nildo conduzia Dornelas para uma das salas do lado esquerdo.

O que Solano viu a seguir o intrigou: enquanto dois pescadores descarregavam as caixas plásticas do barco, um terceiro conversava sobre o convés com um sujeito baixo e gordo de cabelos longos e presos num rabo de cavalo. Ele usava calças cáqui, camisa amarela, e, no rosto, óculos iguais aos de Steve McQueen em *The Thomas Crown Affair*. Certamente tratavam de negócios pois, num dado momento, o gordo tirou um maço espesso de dinheiro do bolso e o entregou ao pescador, que bateu os olhos no maço e furtivamente guardou-o no bolso da bermuda. Ao terminarem a transação, sequer apertaram as mãos. O gordo pulou do barco para o píer e saiu andando em direção do prédio. Discretamente, Solano deu-lhe as costas e saiu de fininho, certo de que a visita cumprira o seu propósito. Ressabiado, Solano escondeu-se atrás de uma das pilastras do galpão, tirou o celular do bolso e discou o número do chefe.

Na sala de processamento, Nildo explicava ao delegado os procedimentos para o desembarque dos pescados, os detalhes da inspeção do Instituto de Pesca, os tamanhos e pesagens dos peixes, a espessura das malhas das redes, o respeito aos defesos. Dornelas acompanhava tudo visivelmente enfastiado. Talvez este fosse, para Nildo, o verdadeiro propósito da visita: entulhar o delegado com informações inúteis para que não lhe sobrasse disposição de querer vasculhar a empresa com calma.

Ao sentir avibração do aparelho no bolso do paletó, Dornelas tirou-o de lá e olhou o número no visor. Levantou o indicador, pediu um minutinho ao vereador e foi para um canto da sala murmurar sozinho.

— Diga.

— Doutor, vi um homem entregar um bolo de dinheiro para um pescador — disse Solano seguindo o gordo com os olhos enquanto este entrava no prédio, subia um lance de escadas e se enfiava numa sala, no mezanino.

— Você sabe quem é ele?

— Não faço ideia, mas não tem jeito de funcionário. Tem coisa nisso.

— Boa. Onde você está?

— Dentro do galpão, escondido atrás de uma pilastra, ao lado do portão de acesso ao cais.

— Fique aí. Vou apressar as coisas aqui.

Desligaram. Dornelas voltou para ter com Nildo.

— Preciso ir embora. Recebi um chamado da delegacia. Deram um flagrante que exige minha presença imediata. O senhor sabe como são essas coisas.

A expressão animada de Nildo murchou como um girassol ao fim do dia.

– Não dá ne, para eu lhe mostrar o controle de qualidade?

– Infelizmente, não. De qualquer forma, estou muito satisfeito com a visita. O senhor está de parabéns. Nunca vi alguém com tanto conhecimento sobre o próprio negócio.

– A concorrência não perdoa os ignorantes, delegado. Nesse negócio, como em qualquer outro, ou você sabe o que está fazendo ou está fora do mercado.

– Me diga uma coisa, o seu irmão trabalha aqui também?

Nildo arregalou os olhos de surpresa.

– Não diretamente. Ele tem uma sala de onde toca os próprios negócios.

– Podemos trocar uma palavrinha com ele antes de irmos embora?

– Se ele estiver disponível, por que não?

Saíram da sala. Nildo fechou a porta atrás de si e ambos iniciaram a caminhada pelo pátio interno, em direção às salas do lado oposto. Bastaram alguns passos e Dornelas viu Solano. Trocaram olhares e o delegado continuou o percurso atrás do vereador.

Justo nesse momento, o carrinho elétrico com as caixas plásticas subiu a rampa, entrou no galpão, passou diante de Solano e seguiu para a sala de processamento, onde estavam Nildo e o chefe. O carrinho parou em frente à porta, o condutor desceu e abriu-a. O ajudante pulou da caçamba e carregou a primeira das caixas para dentro da sala.

Solano acompanhou a operação com os cantos dos olhos, curioso para saber o conteúdo de todas elas. Não se conteve e foi para lá.

Já do outro lado do galpão, Dornelas e Nildo subiam pela escada metálica vermelha de degraus vazados e largos, que ligava o piso térreo ao mezanino do primeiro e único andar. Ela ficava no meio do pavimento, equidistante das duas extremidades do galpão. O acesso a todas as salas do piso superior era feito por ali.

Do mezanino, o delegado teve uma visão ampla de todo o sistema. Ficou alegre ao observar Solano conversando com os funcionários na sala de processamento. Nildo bateu com os nós dos dedos na última porta vermelha da ala esquerda, ouviu-se um "pode entrar" abafado e ele entrou com Dornelas no encalço.

– Wilson, este é o delegado Joaquim Dornelas. Ele está investigando o Crime do Mangue.

Wilson levantou as mãos do teclado do *notebook*, tirou os óculos de grau do rosto, largou-os sobre o peito, presos por uma tirinha em volta do pescoço, e olhou para os dois.

– Crime do Mangue? – perguntou com um grau de indignação característico de quem vive em uma realidade alternativa.

– Sim, o corpo que encontraram na baía esta semana. Foi o delegado Dornelas quem o tirou de lá. É ele quem está cuidando das investigações.

Wilson endireitou-se na cadeira e coçou a imensa barriga como um macaco, amarrotando a camisa amarela.

– Pois não, delegado. Sente-se.

Dornelas e Nildo se sentaram nas duas cadeiras diante de uma mesa entulhada: latas empilhadas, iscas artificiais de diversos tipos e tamanhos, sacos plásticos com temperos, livros, revistas e papéis, plantas de construções, uma lata de vaselina, uma hélice de avião, os óculos escuros iguais aos do Steve McQueen, uma bagunça armada. *Seja lá o tipo de negócio em que esse homem está envolvido, nada tem conexão com nada*, pensou o delegado enquanto tirava um cartão de visitas do bolso e o entregava a Wilson, que levantou os óculos de grau diante do nariz para estudá-lo com cuidado.

– Em que posso ajudá-lo? – perguntou Wilson.

– Quero saber qual a sua participação nos negócios da Peixe Dourado.

Nildo observava Dornelas, apreensivo.

– Zero – respondeu Wilson enfático, enquanto cruzava as mãos sobre a barriga e esticava o corpanzil na cadeira reclinável. – Tenho apenas esta sala de onde cuido dos meus próprios negócios.

– Que negócios são esses?

– Estou envolvido em muitos empreendimentos – ele disse com orgulho. – Montei uma fabriqueta de iscas artificiais para atender a demanda dos pescadores e turistas da cidade. Numa pequena propriedade aqui perto, iniciei a plantação de temperos e ervas aromáticas. Tenho dois funcionários que embalam os produtos em saquinhos plásticos, colam o rótulo da marca que eu mesmo criei e vendem para restaurantes e supermercados da região. Estou envolvido num negócio novo que vai ser um estouro. Mas não posso contar nada ainda... deixa ele maturar um pouquinho mais. O senhor sabe como são as coisas nesse mundo, delegado!

– Esses negócios se pagam? Quero dizer, o senhor ganha dinheiro com eles?

Dornelas pôde sentir Nildo se contraindo na cadeira ao lado.

– Ainda não. Mas estou muito perto disso.

– Isso quer dizer que o senhor precisa colocar dinheiro do próprio bolso todos os meses – afirmou o delegado.

A expressão afável de Wilson desapareceu.

– Pode-se dizer que sim.

– E de onde sai esse dinheiro?

Nildo interveio, antes do irmão responder.

– Delegado, por mais que ele não tenha nenhuma atividade formal na empresa, somos sócios com participações iguais. Esse foi o desejo do meu pai que respeitei até a última letra. Isso quer dizer que, tanto ele como eu, fazemos retiradas mensais de pró-labore de valores iguais, assim como os lucros, quando existem, no final do ano fiscal.

Dornelas aparentou satisfação, porém intimamente se manteve desconfiado. Não queria se aprofundar no assunto naquele momento. A tática poderia comprometer o que ele supunha e que precisaria ser comprovado com o que Solano viu enquanto estavam longe um do outro.

– Ótimo. Assim fica tudo bem claro para mim. Obrigado.

– Disponha, delegado – disse Nildo, aliviado.

Tão logo Dornelas se levantou preparando-se para sair, Wilson se enfiou de volta no computador, sequer estendeu a mão para cumprimentar o visitante.

Solano os encontrou no pé da escada. Dali, os três rumaram para a saída do galpão.

Dornelas temeu pela bateria do carrinho de golfe que agonizava ladeira acima com os três passageiros, sendo um deles bem acima do peso.

– Nildo, agradeço a oportunidade de nos mostrar o trabalho que vocês desenvolvem aqui na Peixe Dourado. Mais uma vez, meus parabéns – disse Dornelas ao lado do carro.

– Disponha, delegado. Caso queira voltar para conhecer o que não conseguimos ver hoje, por favor, me ligue para marcarmos.

– Agradeço de antemão.

Apertaram as mãos. Solano fez o mesmo com o vereador e ambos entraram no carro para voltarem à cidade. Com o lusco-fusco do fim do dia, Dornelas acendeu os faróis assim que cruzou o portão da empresa e entrou na estrada.

★

– E então? – disparou o delegado.

– Como assim?

– O que você viu enquanto eu aprendia a destripar um robalo?

– O sujeito gordo de camisa amarela é o irmão do vereador?

– O próprio.

– Foi ele quem entregou o maço de dinheiro para um sujeito do barco que estava sendo descarregado.

– Só isso?

– Como só isso?

– O que tinha nas caixas plásticas, debaixo da camada de gelo?

– Camarões rosa. Mas não me deixaram enfiar as mãos sem luvas.

– Por quê?

– Alegaram que contamina a mercadoria.

– Como assim, contamina?

– Eles disseram que eu só podia mexer com luvas.

– E você não pediu um par de luvas emprestado?

– Pedi, mas não me deram.

– Desembucha, homem! Será que preciso ficar perguntando cada coisa?

– Não me deram por que as luvas são contadas, cada funcionário tem o seu par e é responsável por ele. Foi o que disseram. O que posso fazer?

– Jesus, mas estamos falando de um par de luvas... – Dornelas esmurrou o volante com as mãos – Será que numa empresa daquele tamanho não podiam arrumar um par de luvas a mais?

– Doutor, eles não queriam que eu enfiasse as mãos, revirasse os camarões. A questão das luvas foi apenas uma desculpa. Eu não quis insistir para não dar bandeira, como o senhor pediu. Mas tenho certeza de que tem alguma coisa errada ali.

– É possível.

Um breve silêncio.

– Mas pode ser que não – ponderou Solano.

– Como assim?

– Se o tráfico é feito nas caixas que saem dos barcos e entram na empresa, então os funcionários do carregamento e da sala de processamento estão envolvidos no esquema. Quer dizer, se isso for verdade, o esquema faz parte da atividade da empresa, do dia a dia. O senhor não acha um pouco absurdo? Esse tipo de coisa se faz às escondidas, na calada da noite, com pouquíssima gente envolvida.

– Faz sentido – disse Dornelas. – E sobre a questão do pagamento, não é estranho que um dos donos da empresa entregue um bolo de dinheiro a um pescador?

– Isso é estranho.

– Pois é. Uma empresa séria não faz isso, os pagamentos são feitos contra um recibo ou nota fiscal. E a empresa de um vereador, visada pela imprensa, não deve ser exceção.

– Mas o senhor não acredita que eles usem caixa-dois?

– Acredito, mas não acho que todos saibam que o caixa-dois existe.

Solano concordou com um movimento da cabeça. Dornelas prosseguiu:

– Se Wilson apronta alguma por debaixo do pano, o faz sem o irmão saber.

– É possível.

Um novo e breve silêncio.

– Mas, por outro lado, pode ser que não – ponderou Solano novamente.

– Você tá um saco hoje, heim! – esbravejou o delegado.

– Pense comigo, doutor. O que tem de errado nessa história do dono da empresa entregar dinheiro para um pescador? Talvez eles estivessem acertando as contas por algum serviço prestado, alguma coisa por fora, sei lá. Essas coisas existem.

– Talvez um serviço ligado aos negócios de Wilson, que cá entre nós, não parecem ter muito futuro.

– Que negócios são esses?

Dornelas explicou em poucas palavras e arrematou:

– Uma fachada, sei lá.

Solano fez que sim com a cabeça bem na hora que o celular do delegado tocou e ele atendeu.

– Dornelas.

– Precisamos conversar.

– Quando é bom pra você?

– Amanhã à tarde. Não tenho expediente no gabinete.

A voz de Marina vibrava de um jeito incomum, nervoso.

– Ligo para você mais tarde para marcamos a hora e o lugar.

Marina desligou. Dornelas estacionou o carro em frente à delegacia e perguntou a Solano.

– Você se lembra do nome do barco?

– Cê Que Sabe.

– Ótimo. Pegue mais informações sobre ele e o proprietário. Vamos seguir por aí.

– Combinado, doutor.

Capítulo 13

Passava das 20h e Dornelas ainda não encontrara uma lembrança para dar para Dulce. Era impensável chegar à casa dela de mãos vazias. Por outro lado, a interpretação que ela faria do mimo o assustava. Dornelas sabia que pagaria caro se desse o presente errado.

Um buquê de flores sinalizaria uma paixão desabrochando. Desistiu da ideia. Uma garrafa de vinho talvez ocultasse o desejo de embebedá-la para levá-la logo para a cama. Não queria apressar as coisas. Uma blusa, um vestido, fora de questão. Não só eram íntimos demais como, se errasse o tamanho, teria que encontrar uma saída elegante para a fatídica pergunta que vez por outra as mulheres disparam: você acha que estou gorda?

Largou o vestido no cabide.

Na loja de artigos importados encontrou o presente ideal, nem muito grande, nem muito pequeno, na medida certa para definir a situação entre os dois.

Pagou, pediu embrulho para presente e saiu.

★

Com o pacotinho em mãos e frio na barriga, às oito e meia em ponto Dornelas entrou no Bar do Vito. Aparecer na porta de Dulce no horário marcado seria um desastre. Quinze minutos, meia hora atrasado, parecia apropriado. Ele se sentou, largou o pacote na mesa e pediu um café.

– E a caninha? – perguntou Vito.

– Faça o seguinte: cancele o café e traga só a cachaça.

Vito foi para trás do balcão, satisfeito. Voltou minutos depois com a garrafa de Canarinha, a favorita do delegado, e um copinho que ele encheu. Dornelas aproximou o nariz do copo, inspirou o aroma ardente e açucarado, sorveu dois golinhos como um beija-flor e entornou o resto num gole só.

Largou o copo, pagou a conta, respirou fundo e saiu.

★

Os babados da blusa dela esvoaçaram assim que a porta foi escancarada, uma flor ao vento.

— Boa noite, Joaquim — murmurou Dulce num sorriso maroto. Ela estava radiante.

Dornelas ficou tão encantado que perdeu a fala, congelou-se no lugar. Feliz pela reação do amigo, Dulce deu dois passos e o beijou na face, deixando nele o aroma doce do seu perfume.

— Por favor, entre.

Ele o fez mecanicamente. Ela fechou a porta atrás de si e rumou para a sala liberando um rastro perfumado no caminho. Como um predador que farejou a caça, Dornelas a seguiu.

— Você está linda — grunhiu.

— Hoje eu acredito — disse, sem modéstia.

— Uma lembrancinha para você!

Dulce pegou o pacote, e, com o cuidado para não estragar o laço nem o papel, desnudou uma caixinha retangular de veludo vermelho e a abriu. Os olhos se arregalaram de surpresa.

— Que romântico... um canivete suíço!

Na sua digna obtusidade masculina, Dornelas não soube definir a extensão da ironia, tão curta é a distância entre o elogio e desprezo nos meandros da comunicação de uma mulher.

— É uma coisa muito útil para você levar na bolsa... — disse ele meio sem jeito. — A lâmina é afiadíssima... tem lente de aumento, pinça, até uma canetinha.

Dulce se aproximou e tascou-lhe um beijo molhado no canto da boca.

– Muito obrigada. O presente mais original que já ganhei.

– Fico feliz que tenha gostado.

– Adorei, de verdade – ela apertou a caixinha contra o peito – Você bebe alguma coisa? Tenho vinho, uísque... sei que você gosta de cachaça.

– Muito tarde pra isso. O que você vai beber?

– Vinho branco. O que acha?

– Ótimo.

– Vou buscar uma garrafa. Fique à vontade.

Dulce foi para a cozinha. Dornelas se sentou no sofá de vime entre as almofadas de juta branca e observou a sala em volta: as colunas de pedra, os espelhos e as gravuras nas paredes, a rede de pesca e as antigas bóias de vidro penduradas no teto, os artefatos marítimos de cobre polido sobre a mesa de centro; os móveis antigos e díspares, habilmente espalhados, davam ao ambiente uma aura de casualidade e bom gosto que o agradou.

Dulce voltou com uma garrafa suada e duas taças de cristal que entregou para ele junto com o saca-rolhas.

– Tarefa de homem.

– Pode deixar.

Ele abriu a garrafa e serviu o líquido dourado nas duas taças. Entregou uma para ela e pegou a sua.

– Tim-tim, como dizem na terra da minha mãe.

– Tim-tim – repetiu Dulce tilintando sua taça com a dele.

Beberam.

– Muito bom – disse Dornelas.

– O seguinte: como combinamos, enquanto você assiste a novela, eu cuido do jantar. Aqui está o controle da TV.

– O que eu posso fazer para ajudar?

– Apenas se sinta em casa.

Dulce sumiu aos pulinhos. Dornelas se ajeitou no sofá e ligou a TV sentindo-se leve e contente pela animação genuína e madura dela.

Ele não se lembrava da última vez que vira Flávia daquele jeito, simplesmente feliz por desfrutar da sua companhia.

Ao cruzar as pernas, passou a mão na panturrilha esquerda e se lembrou da tensão crescente que surgiu entre ele e a ex-mulher assim que foi baleado. Como uma rachadura que se alastra por puro abandono, o casamento dos dois ruiu menos de um ano depois.

Resignado, Dornelas pegou a taça de vinho, bebeu mais um gole e retomou o último capítulo da novela, que já começava com a apresentação das cenas do capítulo anterior.

★

– A irmã do José dos Anjos foi ao IML hoje à tarde com um dos seus investigadores. Caparrós, pode ser? – perguntou Dulce ao pescar uma bola de sorvete de creme do pote e colocá-la no prato de Dornelas, coladinha à fatia de torta de maçãs.

– Obrigado. Isso mesmo. Ela identificou o corpo?

Dulce se serviu de uma bola menor e ambos começaram a comer.

– Na hora. Mas não gritou, esperneou, nada disso. Chorou um choro contido e saiu da sala.

– Que delícia de torta – disse Dornelas. – O problema é que não tenho nenhum documento dele, nada que comprove que ele e ela são irmãos.

– Receita de família... Por que você não pede exame de DNA?

– Para um traficante de drogas? Não tenho verba para isso.

– Não posso segurar o corpo por muito mais tempo.

– Você me dá mais um pedaço da torta? – esticou o prato para Dulce – Mas você também não pode enterrá-lo como indigente. Maria das Graças o identificou.

– Não é o suficiente, mas já é alguma coisa – ela separou uma fatia generosa e a colocou no prato dele. – Mais sorvete?

– Uma bola. Pequena, por favor.

Dulce o serviu.

– Obrigado.
– De quanto tempo você precisa?
– Três, quatro dias?
– Se nenhuma chacina lotar os meus freezers, dou um jeito.
– Obrigado.

★

Com uma cadência lânguida no corpo e no olhar, Dulce abriu a porta e, meio sem jeito, barrou a passagem. Assim que Dornelas se preparou para passar, ela avançou e o espremeu contra a parede.

– O que achou do nosso primeiro jantar, foi bom pra você?

A simples sugestão de que outros jantares viriam, o assustou. O que quer que fosse aquilo – amizade, encontro, um lance –, estava indo depressa demais para ele. Como um lutador de boxe preso entre as cordas, Dornelas arrefeceu.

– Foi bom... – murmurou, cauteloso.

A hesitação dele pairava no ar.

– Relaxe delegado Joaquim Dornelas. Não pretendo algemá-lo a nada – ela abriu um sorriu travesso –, por enquanto.

Dornelas sorriu sem jeito, e, movido por um impulso inexplicável, baixou a cabeça e a beijou de leve nos lábios, um selinho.

– Obrigado pelo jantar. Estava ótimo. Da próxima vez vai ser na minha casa.

– Combinado.

Ela devolveu o selinho e o liberou para a noite.

★

O sábado começou cedo. Às seis em ponto *Take a chance on me*, do grupo ABBA, pipocou no rádio relógio. Feliz por estar na sua casa, na sua cama, Dornelas se levantou, entrou no chuveiro e aliviou-se do primeiro xixi da manhã com a água quente a escorrer-lhe pelo cangote.

Pela janela do banheiro, viu o azul pálido do céu com nuvens ralas como tufinhos repuxados de uma bola de algodão. Notou a ausência de andorinhas, sinal de que não choveria, e vestiu-se ligeiro com as roupas mais surradas do armário. A bermuda, a camiseta e o par de tênis que Flávia ameaçara jogar fora mais de uma vez, eram as suas favoritas. *Quem dera poder me vestir assim todos os dias*, fantasiou.

Arrumou a cama – Neide não trabalhava aos finais de semana –, guardou o celular, a carteira e o protetor de sol nos bolsos, desceu e tomou um copo de iogurte batido com mel acompanhado de uma fatia generosa de queijo branco.

Montou o porta-gelo com algumas latas de refrigerante, duas garrafas de água mineral, copos plásticos, um saco de pão de forma, uma faca e uma barra de queijo prato. Pegaria gelo picado na peixaria a caminho do cais.

Observando a agitação incomum, Lupi mantinha atenção redobrada sobre o dono, o seguia de perto. Como em todas as pescarias, Dornelas prendeu a guia na coleira do cachorro, pegou o porta-gelo e saiu.

★

O Centro Histórico amanhecia tranquilo. Sete da manhã de sábado é cedo demais para os turistas. O movimento nas ruas se limitava aos comerciantes a caminho do trabalho, aos moradores que saíram para comprar o próprio pão, ou aos empregados destes. Com sorte o cais – que os moradores chamavam de pontão – estaria igual, com poucos barcos sendo preparados para levar seus donos às melhores praias antes da invasão dos forasteiros.

Dornelas segurava a coleira presa ao cachorro numa mão e o porta-gelo na outra quando pisou na primeira tábua do cais e notou as escunas sendo arrumadas para receber os turistas do dia.

Marinheiros abriam os casarios, varriam os conveses, esticavam os toldos, preparavam sanduíches, derramavam gelo picado sobre as bebidas nas geladeiras de isopor, davam o lustro final nos tombadilhos e arrumavam as almofadas. As placas com os roteiros do dia, fotos e preços, enfileiravam-se sobre o madeiramento do píer como um espinhel à espera de um cardume.

Cientes da rotina das escunas, que zarpavam apinhadas todos os dias, especialmente nos finais de semana quando o fluxo era maior, grande parte dos pescadores manteria seus barcos aportados durante todo o dia. Dividir o mar com turistas barulhentos seria um desperdício de tempo e combustível.

Movimento existia, mas apenas nos pesqueiros recém-chegados e que começavam a descarregar no cais a produção dos dias de pesca em mar aberto. Num deles, três homens retiravam caixas plásticas cheias de peixes e gelo picado do porão e as amontoavam em diversas pilhas sobre o cais.

Uma senhora de vestido colorido e cabelos desgrenhados puxou uma corvina grande de uma delas e passou sacudi-la para cima e para baixo, uma balança improvisada, enquanto resmungava com um homem. Ele a escutava pacientemente. Um cachorro sarnento mascava a cauda colorida de um dourado ao mesmo tempo em que Lupi se aproximava.

Trocaram rosnados.

Dornelas aproveitou o caminho para ler os nomes de todos os barcos, com a esperança de encontrar o Cê Que Sabe. Sem sucesso, passou pelo cão e pela senhora, e logo avistou Cláudio se movimentando no convés da Janua, quase ao final do pontão.

– Peguei gelo na peixaria a caminho daqui – disse ele ao entregar o porta-gelo ao amigo e pular no barco. Lupi o seguiu.

– Então não falta nada.

– Ótimo. Vamos partir. O diesel é por minha conta. Ok?

Cláudio virou a chave e apertou o botão da ignição. Um tranco duro produziu uma espécie de tosse seca, o escapamento cuspiu fumaça preta, ouviu-se um chiado e o motor ligou para fazer o barco todo tremer. O delegado soltou as amarras e correu para a proa recolher a âncora.

Em poucos minutos o barco navegava em mar tranquilo para fora da baía, a caminho da ilha da Fome.

Contente por poder passar o dia ao ar livre, Dornelas respirou fundo e observou o voo rasante de um atobá, paralelo ao barco, com as pontas das asas quase roçando o mar.

O som rouco e cadenciado do motor o embalou numa espécie de transe, levando-o a pensar nos filhos, em Dulce, na ex-mulher, e como um novelo preso à terra firme, a trama de pensamentos foi se desenrolando à medida que o barco se distanciava do continente, para romper-se num estalo sutil e libertá-lo em mar aberto.

O Crime do Mangue se acendeu na sua mente com o mesmo efeito de um holofote em plena escuridão. Dornelas viu-se no centro de uma arena com todas as peças do caso expostas à sua volta – personagens, fatos, depoimentos e teorias – para serem manipuladas à sua vontade.

Por mais que até aquele momento ele não considerasse, não podia abandonar a hipótese de o crime ter sido cometido por alguém que não tivesse envolvimento algum com o tráfico de drogas de Palmyra, que o motivo tivesse sido tão banal quanto os crimes idiotas que aparecem na televisão.

Refazendo a sequência cronológica do caso, questionou-se sobre alguns fatos, peças que faltavam no quebra-cabeça: de onde teriam vindo os criminosos? Quem é o dono do utilitário preto que Adalberto viu passar diante da sua casa? Se existiu uma hora de intervalo entre a injeção e o óbito, é correto supor que não jogariam José dos Anjos ainda vivo na prainha. O que os criminosos fizeram nesse intervalo? Onde teriam esperado? Certamente em algum lugar escondido, uma garagem, estrada ou ruela entre a casa de Maria das Graças e a prainha.

A distância era relativamente curta.

Sair da ilha para voltar mais tarde não fazia sentido. O carro seria facilmente identificado assim que cruzasse a ponte sobre o canal, uma vez que pescadores fanáticos costumam varar a madrugada sobre ela fisgando agulhões. O mais provável é que tivessem se escondido no lado mais pobre da ilha, no miolo da favela, onde o tráfico era mais intenso e até a polícia tinha medo de entrar.

Mas não podia ignorar que um utilitário importado chamaria muita atenção numa favela. A não ser que, ponderou Dornelas, o veículo ficasse na ilha, fosse conhecido no bairro, e o dono rico morasse por lá. Mas quem teria muito dinheiro numa favela?

Não havia dúvidas.

O fato de o assassino saber da doença de José dos Anjos e usá-la para matá-lo, o intrigou. Salvo alguns casos isolados, ninguém reconhece um diabético na rua, uma vez que a doença é facilmente controlada com injeções diárias de insulina, algo que se faz em casa, tão fácil quanto engolir um comprimido com um gole de água.

Por que então José dos Anjos não foi morto com um revólver ou uma faca? O simples fato do assassino, ou mandante, conhecer as consequências de uma superdose de insulina, em si configurava uma sofisticação pouco comum entre os traficantes, que geralmente lançam mão de métodos bem mais grosseiros para eliminar seus desafetos.

Mas outra questão o deixava desconfiado: a parede mal acabada no quarto de Maria das Graças. Dornelas duvidava do depoimento dela, da afirmação de que a obra fora realizada logo depois do crime. A cor cinza clara de cimento seco entre os tijolos, o fez crer que a porta fora fechada, a parede erguida, há mais tempo. Se isso é verdade, por que ela teria mentido ao depor?

– Estamos chegando, doutor – avisou Cláudio, apontando o horizonte.

Um morrinho triangular com uma faixa de pedras cinzentas lambidas pelas ondas se descortinava por detrás da ilha da Poita. No topo, um tufinho verde com um coqueiro pelado, a ilha da Fome.

– Vou preparar as varas – disse Dornelas.

No mar revolto, Cláudio firmou o motor em cinco nós e se aproximou o mais que pôde da parede escarpada do lado oposto da ilha.

Com um equipamento de ação rápida nas mãos – uma vara para linha de 25 libras e molinete com 100 metros de linha de 0,40 milímetros de diâmetro – Dornelas arremessou um *plug* de Barbela de meia água na espuma formada pela arrebentação das ondas e começou a recolhê-la rápido, trabalhando a isca como se fosse um pequeno peixe em fuga.

Duas, três, cinco tentativas. Nada.

Cláudio manobrava o barco com destreza diante de ondas que insistiam em empurrar o barquinho contra o muro de pedras.

Dornelas largou a vara no chão e pegou outra igual, com uma isca diferente. Arremessou um *Jumping Jig* no mesmo lugar, para uma fisgada seca esticar a linha num zumbido e entortar a ponta da vara.

– Vai com calma, doutor – disse Cláudio tirando o barco da rebentação e levando-o para o mar aberto.

– Essa é grande.

Uma briga limpa se seguiu. As fricções do molinete guincharam na primeira arrancada do peixe. Dornelas sabia que precisaria cansá-lo antes de trazê-lo para perto do barco. Para evitar o estouro da linha, tinha que trabalhar o peixe primeiro. Liberou as fricções um pouco. Com trancos seguidos num zigue-zague irregular, o delegado procurava manter a linha esticada sempre que o peixe se esforçava para se libertar da isca.

Com o tempo, os trancos duros foram substituídos por uma tensão pesada e permanente. Ao ver que o peixe dava sinais de cansaço, Dornelas resolveu levantar cuidadosamente a vara; e sem exigir demais do equipamento, baixava a ponta enquanto recolhia a linha girando freneticamente o tambor do molinete.

Um vulto prateado passou ao lado do barco. Percebendo a agitação, Lupi subiu no costado e começou a latir sem parar.

Com cautela, Dornelas aproximou o peixe do casco, debruçou-se sobre a amurada e quando o puxou pelo rabo para fora da água, uma lâmpada se acendeu na mente e ele ficou ali, de pé, estático, segurando o peixe pelo rabo por alguns segundos, como se esperasse que alguém lhe tirasse uma foto.

Ao se dar conta da situação, rapidamente colocou a anchova sobre o piso. De cabeça grande, mandíbula saliente, boca larga e dentes afiados, o peixe se debateu sobre o convés. A cor azulada no dorso e prateada nos flancos e ventre brilhavam sob o sol quente.

Com cuidado para não machucá-lo e fazê-lo sofrer ainda mais, Cláudio entregou a Dornelas o alicate de ponta que o delegado habilmente usou para retirar a garateia da bocarra que sangrava.

Sem hesitação, numa manobra rápida, Dornelas agarrou a anchova pelo rabo e a jogou de volta no mar. Cláudio arregalou os olhos de espanto.

– Por que o senhor fez isso, doutor?

– Precisamos voltar.

– Mas acabamos de chegar. Esse é só o primeiro.

– Precisamos voltar. Preciso verificar uma coisa.

O amigo estava paralisado, boquiaberto.

– Quantos quilos você acha que ele tinha? – perguntou Dornelas.

– Quatro, cinco,... sei lá.

– Pago o equivalente a você, além do diesel.

Sem entender o que se passava, Cláudio acelerou o barco, virou a direção e apontou a proa de volta para Palmyra.

Capítulo 14

A campainha da casa vizinha à de Maria das Graças tocou mais de uma vez, até que uma senhora apareceu aos resmungos limpando as mãos no avental.

– O que o senhor quer?

– Meu nome é Joaquim Dornelas, sou delegado de polícia – disse levantando o distintivo para a mulher, entre as grades do portão.

Ela aproximou o rosto da carteira e estudou o policial dos pés à cabeça: o tênis encardido, a bermuda velha e a camiseta furada não ajudaram. Cerrou os olhos, desconfiada.

– Me desculpe. Hoje é sábado e acabei de voltar de uma pescaria – completou o delegado, quase em súplica.

A mulher permaneceu imóvel, vasculhando a memória. Dornelas aguardou um pouco até que viu uma luzinha se acender nos olhos e ela ficou prestativa num instante.

– Delegado Dornelas! Agora me lembro. Vi o senhor na TV arrastando um corpo para fora da baía. Que coragem, heim doutor! O que posso fazer pelo senhor?

– Posso entrar um minuto?

De dentro da casa saiu um urro grave, como o de um urso no interior da caverna.

– Quem é Matilde?

– O delegado – ela gritou de volta.

Dornelas colocou o indicador nos lábios pedindo à mulher que falasse mais baixo. Não queria que Maria das Graças soubesse da sua presença por ali.

– Desculpe. Por favor, entre – disse Matilde.

Ela abriu o portão, Dornelas passou, seguiu pela entrada de carro – este estacionado ao fundo, diante de uma porta de garagem – e se deparou com um sujeito de cuecas samba-canção, camiseta regata e roupão xadrez aberto, parado sob a soleira; um corpanzil alto e largo, de cabelos desgrenhados, barba cerrada e pelos grossos, pretos e encaracolados sobre cada centímetro de pele visível; um homem de aspecto assustador, sobre-humano até; ao delegado, um espécime de homem das cavernas, quem sabe o elo perdido que os arqueólogos procuravam.

Num jogo de movimentos espontâneos, o sujeito ajeitou os testículos com a mão esquerda e estendeu a direita ao delegado.

– O que o senhor quer com a gente? – grunhiu.

Visivelmente intimidado pelo que parecia um homem antediluviano, e arrependido por ter insistindo com a campainha, Dornelas ofereceu a mão, temeroso de que o sujeito fosse lhe arrancar o braço.

– Quero apenas espiar sobre o muro, para a casa da sua vizinha, dona Maria das Graças.

– Tá de safadeza, delegado? – indagou dona Matilde, levantando a mão direita no ar como se fosse estapeá-lo no rosto.

O pé-grande abriu um sorriso maroto e sumiu para dentro da casa.

– Absolutamente. Preciso verificar uma coisa. Saio em dois minutos.

– Então por que o senhor não vai até lá e toca a campainha?

– Não quero que ela saiba que estou aqui.

Dona Matilde o olhou de um jeito suspeito. O marido voltou com uma cadeira nas mãos, que perto dele parecia de criança, e a colocou no chão, encostada ao muro.

– Obrigado.

Sob o olhar severo da mulher, Dornelas tirou os sapatos e subiu. Sua suspeita se confirmou. A parede sob a janela do quarto de Maria das Graças havia sido rebocada com cimento e massa fina. Manchas escuras de umidade indicavam que a obra fora feita recentemente. Faltavam apenas a massa corrida e a pintura para que correspondesse ao resto da casa. Dornelas presumiu que o interior do quarto estaria igual. Desceu.

— Muito obrigado.

— Só isso? — perguntou o marido, desapontado.

— Só. Como disse, eu precisava apenas confirmar uma coisa.

Dona Matilde relaxou por ter notado que não existia malícia na intenção do delegado.

— O senhor toma um café?

— Com prazer.

— Entre, por favor — disse o marido, liberando a passagem pela porta.

Ao contrário do que pensara, a caverna do urso era iluminada e agradável. Tudo parecia estar no lugar, uma ordem completa, sem nenhum sinal de fúria de um animal selvagem fora de controle. Dornelas até sentiu o aroma de pinho, como se a casa tivesse passado por faxina profunda minutos antes de ele chegar. A única coisa que destoava era um dos assentos do sofá diante da TV, afundado pelo excesso de peso e uso. Não precisou intuir que o homem passava os dias ali, pois foi para lá que ele foi assim que pisou na sala.

— Volto num minuto — disse dona Matilde, sumindo para a cozinha.

— Muito agradável a sua casa — disse Dornelas ao marido.

— Obrigado. Matilde cuida bem daqui.

— E o senhor, o que faz?

— Nada — respondeu sem titubear. — Fui aposentado no ano passado. Invalidez, sabe?

— O que o senhor fazia?

— Manutenção em rede elétrica. Caí de uma escada e machuquei as costas. Ainda sinto muito dor para andar.

— O senhor viu ou ouviu alguma coisa na noite em que o irmão da sua vizinha foi morto?

— Uma gritaria dos diabos, no começo da madrugada.

Levantei da cama e fui olhar pela janela. Vi um carro estacionado na frente da casa dela. Depois, três homens colocaram o que parecia ser o irmão dela na parte de trás.

– Um utilitário preto?

– Isso mesmo.

– O senhor sabe de quem é?

– Claro. Todo mundo sabe. É do Porteiro, o patrão do tráfico na ilha dos Macacos. O senhor o conhece?

– Apenas sua fama.

– Pois é. Já fiz algumas instalações perto da casa dele.

– Como assim?

– Gatos. Por dez, vinte paus fiz ligações ilegais de energia elétrica para muita gente na cidade, especialmente aqui na ilha.

– Mas o senhor não trabalhou na empresa que fornece a energia?

– Trabalhei. Mas com o que eu ganhava... além do mais, quem é macho de negar um favor para os amigos do Porteiro? Pobre fica sem comida e bebe água suja, mas não fica sem novela, doutor.

Em silêncio, Dornelas lamentou a pobreza, as favelas, a falta de segurança em toda a cidade, em especial o comércio de drogas com o seu sistema medieval de controle nos pontos de distribuição. Sentiu-se impotente por ver que a polícia, em matéria de agilidade operacional ficava muito atrás do crime organizado, além de lamentar o envolvimento de alguns policiais em todo o esquema.

– Vou fazer uma pergunta mais direta então: conhecendo o Porteiro como conhece, o senhor acredita que ele tenha matado o irmão da dona Maria das Graças.

– Não.

– Por quê?

– Não é o estilo dele... enfiar o sujeito no carro e matá-lo com uma injeção? Não mesmo. Isso é coisa de filme. O Porteiro é do mal, doutor. Se ele não gosta de um cara, manda alguém buscar o cara, dá uma surra em praça pública e desfila com o homem quase morto até o buraco onde ele mora, pra todo mundo ver. Ele só dá o golpe final, um tiro na cara ou acende o microondas.

Mais uma suspeita confirmada, concluiu Dornelas.

Dona Matilde voltou com uma bandeja e duas xícaras cheias de café.

– Adoçante ou açúcar, delegado?

– Açúcar, por favor.

Ela serviu e lhe passou a xícara. Bebeu café puro da outra.

– O senhor não toma? – perguntou o delegado ao marido.

– Não posso. Tenho estômago sensível.

Pelo menos alguma coisa esse homem tem de sensível, pensou Dornelas depois de tomar o café, agradecer aos donos da casa e ganhar a rua.

★

– A que horas podemos conversar? – perguntou Dornelas a Marina, pelo celular.

– Daqui a uma hora. Pode ser?

– Pode. Onde?

– Você já almoçou?

– Não.

– Vai almoçar?

– Com você.

– Combinado. Passe em casa, que faço um macarrão. Assim poderemos falar com mais calma. O senhor tem o endereço?

– Senhor não, você. E não, não tenho.

Marina passou e ele memorizou.

– Até mais tarde então.

– Até.

Desligaram. Dornelas seguiu para casa. Precisava de um banho e de roupas decentes.

★

Quando ele bateu com os nós dos dedos, a porta abriu alguns centímetros, num rangido.

– Marina?

Aguardou um pouco. Não houve resposta. Na esperança de ouvir algum movimento vindo de dentro, esperou alguns segundos. Nada. Cautelosamente abriu um pouco mais e vasculhou com os olhos um pedaço da sala. Ninguém.

– Marina?

Resolveu entrar.

Desconfiado, Dornelas deu alguns passos para dentro da casa e escutou um miado: um gato malhado apareceu por detrás do móvel da TV agitando a cauda de um lado para o outro, um sinal típico de nervosismo dos felinos.

Era um sobrado estreito e pequeno: uma sala ampla no andar de baixo com acesso a um quintal mirrado nos fundos, que ocupava metade do terreno. Uma porta de vidro dava acesso a ele. Estava aberta. Observou os muros muito altos e os dois passarinhos que piavam numa gaiola pendurada à parede. A outra metade abria-se para uma cozinha de estilo americano.

A dois passos dali, uma escada levava para o andar de cima.

Com receio de emitir qualquer sinal da sua presença, encostou rapidamente a porta sem produzir rangido algum. Não queria que o gato saísse. Apalpou a cintura e lamentou ter deixado a arma em casa.

Tirou os sapatos e seguiu de meias pelo piso de cimento queimado em direção à cozinha. Parou ao lado da mesa de jantar, aguçou os ouvidos e escutou barulho de água no andar de cima, talvez um chuveiro. Concluiu que Marina, não querendo deixá-lo esperando na rua, largou a porta da frente encostada. Relaxou.

Puxou uma cadeira e se sentou. Ela tomara o cuidado de arrumar a mesa. Uma panela fumegava no fogão. Lamentou não ter trazido uma lembrança, só por educação.

Os passarinhos piavam na gaiola, o gato ronronava e se esfregava em suas canelas. O barulho constante do chuveiro o incomodou. Resolveu conferir. Levantou-se e parou no pé da escada.

– Marina?

Sem resposta. Resolveu subir.

Encostado à parede, agarrado ao corrimão, Dornelas subiu vagarosamente, procurando evitar qualquer barulho produzido pelos degraus de madeira antiga, que invariavelmente estalaram. Sentiu ter pisado em algo molhado e viu respingos sobre alguns deles. Como um animal à espreita, avançou com os olhos arregalados, os ouvidos afiadíssimos.

Chegou ao andar de cima onde a escada terminava num pequeno *hall* com apenas uma porta aberta, um quarto. Esgueirando-se colado ao batente, foi ampliando o campo de visão à medida que entrava. Reparou no barulho contínuo de água corrente, e isso o intrigou.

– Marina? – perguntou mais alto agora.

Não houve resposta.

Da porta, avistou um quarto amplo do mesmo tamanho da sala e de decoração espartana: uma cama, roupas jogadas sobre uma cadeira antiga e um criado-mudo com abajur e alguns livros. Na parede oposta, uma fileira de armários, alguns quadros nas paredes e só. Olhou para o banheiro e viu duas pernas nuas se mexendo, rentes ao chão. Correu para lá.

Marina estava deitada sobre o piso frio, ensopada e completamente nua, os olhos arregalados e fixos no teto, a língua projetada para fora da boca, os braços inertes ao lado do corpo. As pernas se moviam em espasmos descontrolados. Ao redor do pescoço, uma marca roxa espessa, contínua e uniforme.

Dornelas levou as mãos às carótidas e pressionou-as levemente por alguns segundos. A pulsação irregular o preocupou. Desligou o chuveiro e correu para o quarto; arrancou a colcha da cama, voltou ao banheiro e cobriu Marina com ela. Aquecida ela estaria melhor. Os olhos arregalados e fixos de boneco o assustaram.

Sem condições de definir o estado real dela, ligou para o SAMU, identificou-se e pediu uma ambulância com urgência. Voltou para o banheiro, ajoelhou-se ao lado de Marina e, enquanto mantinha as carótidas levemente pressionadas, ligou para a delegacia e falou com Solano:

– Marina Rivera foi estrangulada.

– Quando?

– Há menos de uma hora. Cheguei à casa dela para conversarmos. Encontrei-a caída no banheiro, ainda viva.

De repente, um estalo forte no andar de baixo. *A porta*, pensou.

– Já falo com você.

Dornelas largou o celular sobre a pia e correu para a janela. Ergueu a cortininha de renda presa à guilhotina e não viu ninguém. Resolveu abri-la e debruçou-se para fora. Um vulto virou a esquina. Foi tudo o que viu. Fechou a guilhotina com força, correu para a escada e parou. Se abandonasse Marina naquele estado, ela certamente morreria. Resolveu esperar. Correu e pegou o celular.

– Você ainda está aí? – perguntou para Solano.

– Estou. O que aconteceu?

– Quem fez isso acabou de fugir. Não pude vê-lo.

– Merda.

– Venha para cá e chame a perícia. Vou esperar o SAMU.

Desligou.

Enquanto aguardava, passou a mão sobre os cabelos dela e disse baixinho.

– Oh Deus, me desculpe, me desculpe,...

★

– Qual o estado dela, doutor? – perguntou Dornelas ao médico que atendeu Marina assim que ela deu entrada no hospital.

– Nada bom. Ela foi estrangulada por tempo suficiente para comprometer a oxigenação cerebral... teve uma parada cardíaca,... está viva, porém respirando com ajuda de aparelhos...

– O que o senhor quer dizer com isso?

– Fizemos todos os exames...

O médico fez uma breve pausa e disparou sem titubear:

– Morte cerebral, delegado. Lamento muitíssimo.

Dornelas abraçou os próprios ombros e olhou para o chão, arrasado.

– Me dê um minuto, por favor.

– Fique à vontade – consentiu o médico.

Num impulso de raiva, sacou o celular do bolso e discou alguns números. Assim que uma voz masculina atendeu, Dornelas disse:

– Venha imediatamente à Casa de Saúde.

– O que aconteceu, delegado? – rebateu Nildo.

– Marina teve morte cerebral.

Um longo silêncio se seguiu e a voz de Nildo retornou:

– Quando? Onde?

– Agora à tarde. Encontrei-a estrangulada no chão do banheiro.

– Quem pode ter feito uma barbaridade dessas?

Dornelas não respondeu. A mão que segurava o celular espremeu o aparelho com força até se ouvir o estalo de plástico sendo esmagado. Tinha raiva e precisava extravasá-la.

– Preciso do senhor aqui. Ela não tem família na cidade e a decisão sobre o desligamento dos aparelhos só pode ser feita com a autorização de um parente.

– Ela não tem mais os pais. O irmão mora em Miami – disse Nildo que começou a soluçar do outro lado da linha. – Que tragédia, delegado.

– Chame-o.

– Vou já para aí.

– Espero pelo senhor.

Desligaram.

★

Bastaram vinte minutos para Nildo Borges se materializar no corredor do hospital. O homem apareceu com os olhos vermelhos e inchados. Dornelas se levantou para recebê-lo.

– A que horas foi isso? – perguntou Nildo.

– Pouco depois do meio-dia.

– Na casa dela?

O delegado fez que sim com a cabeça.

– O que o senhor fazia lá?

Espantado pela pergunta, Dornelas teve vontade de agarrá-lo pelo colarinho. Conteve-se.

– Fui conversar com ela sobre a investigação.

– O quê da investigação? – indagou Nildo de modo desafiador.

O delegado o encarou de modo firme e disse:

– Pedi documentos da Peixe Dourado. Suspeito de caixa-dois.

Dornelas não quis revelar que sua suspeita se estendia ao tráfico de drogas e à morte do Zé do Pó. Seria uma acusação grave demais e ele não tinha provas concretas para isso. Mas foi o suficiente para Nildo dar uma gargalhada para o alto.

– Isso é ridículo! Agora entendo o motivo da sua visita.

Ele ria de um jeito grotesco. Em dado momento, disparou:

– O senhor acha mesmo que eu faria uma coisa dessas com Marina por causa de um caixa-dois?

Forçosamente teve de admitir que nesse ponto Nildo tinha razão. Caixa-dois era algo pequeno demais para ele. Mas para Dornelas era a ponta do *iceberg* que o levaria a encontrar algo muito maior e profundo.

– Creio que não. Mas é uma linha de investigação que não posso abandonar.

Os olhos de Nildo se injetaram de raiva.

– O senhor está mexendo com fogo, delegado.

– Isso é uma ameaça?

Nildo mal sabia que Dornelas mantinha cartas escondidas na manga. Era hora de abri-las.

– Se o senhor cooperar com a minha investigação, prometo que nada disso vazará na imprensa.

Full house. Nildo resignou-se e virou um doce num instante.

– Não sou o responsável pelas mortes do Zé do Pó nem por essa brutalidade com Marina – disse ele com a mesma inocência das donzelas nos filmes *noir* quando contratam o detetive charmoso para procurar o marido desaparecido. Dornelas foi hábil em segurar a risada que lhe subiu de impulso pela garganta.

– E digo a verdade – completou.

– Preciso mais do que a verdade. Preciso de provas.

– O senhor as terá.

– Quando?

– No início da semana.

– Que dia?

– Até terça-feira.

– Muito bem. Escreverei uma carta relatando todo o caso. Ela será guardada em um lugar seguro com instruções para que seja remetida à imprensa caso alguma coisa aconteça comigo, ou caso o senhor não apresente as provas que prometeu. De acordo?

– De acordo.

Apertaram as mãos com firmeza.

– E quanto a Marina? – perguntou Nildo.

– O diagnóstico é definitivo: morte cerebral. O senhor já chamou o irmão dela?

– Já. Está devastado. Ele embarcará no voo de Miami para o Rio de Janeiro ainda hoje. Amanhã à tarde estará aqui. Se tudo correr como o esperado, ela será enterrada na segunda-feira.

– Posso lhe fazer uma pergunta muito pessoal, vereador?

– Vá em frente.

– Qual era a verdadeira relação entre vocês?

Nildo Borges respirou fundo, seus olhos se encheram de lágrimas.

– Uma relação complicada, delegado. Fomos namorados na faculdade. Terminamos quando vim para cá, assim que meu pai morreu. Ela veio logo depois. Disse que se sentia perdida no Rio de Janeiro, não tinha família lá, apenas eu. Acho que fui um amigo, um amante e um pai para ela. Tudo ao mesmo tempo. Ela fará muita falta.

– E sua mulher, o que achava disso?

– Ciúme normal, como toda a mulher na posição dela.

Dornelas o observou calado, pois via um sofrimento genuíno em Nildo, e finalmente disse:

– Quarto 35.

– Obrigado, delegado.

Despediram-se. Dornelas seguiu para casa. Estava arrasado e precisava descansar.

Capítulo 15

Dornelas entrou, trancou a porta e não parou até chegar nu ao chuveiro, largando um rastro de roupas pelo caminho, da entrada ao banheiro, no andar de cima. Lupi as cheirava uma a uma assim que chegavam ao chão.

Apoiou as mãos na parede do chuveiro e permaneceu assim por um bom tempo, a água fervendo a escorrer-lhe pelo corpo. Queria isolar-se do mundo, livrar-se das punhaladas que tomava na alma. Sentia-se um monstro, o assassino de Marina Rivera.

O senhor não está sendo desumano comigo, delegado?

A imagem de Marina no Centro Cultural veio-lhe à mente como um espectro. Quem sabe se não tivesse insistido em abrir os olhos dela à força, mantendo-a em seu idealismo ingênuo, a divina ignorância, ela não teria se arriscado tanto e estaria viva e bem naquele momento. Lembrou do frescor ao vê-la pela primeira vez no gabinete de Nildo Borges, dias antes.

Debaixo da água, sozinho, Dornelas apertou os olhos, arreganhou os dentes, e, num grunhido animalesco, chorou de dor.

Ensaboou-se lentamente, enxaguou-se como se não existisse o tempo e saiu do chuveiro assim que a água começou a esfriar.

O aquecedor esvaziara.

Ainda molhado, arrancou o fio do telefone da parede e desligou o celular. Serviu-se de um copo de Canarinha, sua cachaça favorita, e colocou um CD na disqueteira. Apagou as luzes e jogou-se nu no sofá da sala assim que os primeiros acordes da sinfonia número 2 de Mahler, Ressurreição, vibraram das caixas de som.

Se o sofrimento tivesse de vir, que viesse de uma vez.

★

Com frio e no escuro, Dornelas acordou em posição fetal. Renascia. Não sabia que horas eram, mas deduziu ser tarde da noite, pois não ouvia barulho algum vindo da rua.

Esticou o braço e acendeu o abajur sobre a mesinha ao lado, protegeu os olhos do golpe de luz e ficou de pé. Tinha fome.

Uma vez que Neide não trabalhava aos sábados, abriu a geladeira com a certeza de que não encontraria nada convidativo.

Acertou.

Preparou um goró dos grandes e devorou-o rapidamente. Lupi o olhava com as orelhas em pé.

– Tá com fome, né?

Dornelas serviu uma porção de ração e duas colheradas do arroz que restava na geladeira no potinho do cachorro. Colocou o pote no chão e esperou Lupi devorá-lo. O relógio do microondas marcava meia noite e meia.

Subiu, vestiu uma roupa qualquer e desceu. Saiu para a rua com o cachorro no encalço sem a coleira, que guardara no bolso da calça com o saquinho plástico.

Um passeio faria bem aos dois.

Sem destino definido, resolveu repetir o caminho que fez quando encontrou o corpo na baía.

Entrou no Centro Histórico. Tudo muito calmo.

Um ou outro casal circulava pelas ruas. Um bêbado dormia encostado a um degrau de pedra. As lojas haviam fechado as portas, assim como a maioria dos vendedores ambulantes que haviam dobrado suas barracas e sumido sabe lá para onde.Restava um, sujo, desgenhado e de barba cerrada, um clone de Che Guevara, que soprava uma flauta andina diante de uma mesinha entulhada de artesanato barato.

Um ou outro restaurante mantinha as portas abertas, a maioria das mesas vazias, enquanto aguardavam os últimos clientes pagarem as contas e irem embora.

Dornelas entrou na Rua Santa Tereza, passou por detrás da igreja, cruzou a praça de grama diante da Antiga Cadeia, subiu na mureta, quase no mesmo ponto em que pulou para retirar o cadáver, e olhou para o mar. Àquela hora, maré alta. Voltava ao começo de tudo, o lugar onde mais um corpo fora encontrado e mais uma investigação iniciada.

Ali de pé, movido por um hábito doentio, desses que aprisionam um momento da vida na mente, roçou com o polegar a aliança de casamento no dedo anelar, como sempre fazia. Foi quando notou que ainda a usava. Tirou-a do dedo e leu com dificuldade o nome de Flávia e a data do casamento na banda interna. Sem pensar, jogou-a longe no mar. Sentiu-se aliviado de um jeito estranho e voltou para casa.

Abriu a porta para Lupi entrar e fechou-a novamente. Seguiu sozinho pelas ruas. Andou um bocado e apertou uma campainha. Não houve resposta. Apertou novamente e ouviu uma voz abafada vinda de dentro. Aguardou em silêncio. A porta abriu. Os olhos dela se arregalaram de surpresa.

– Posso entrar? – Dornelas perguntou.

– Claro!

Ele entrou, envolveu-a nos braços e a beijou longa e ternamente. Sem dizer palavra, o delegado trancou a porta, pegou-a no colo e subiu para o quarto. Ela não resistiu. Ao contrário, entregou-se passiva e languidamente aos movimentos dele, que a despiu gentilmente sob a luz morna do pequeno abajur. Depois ele tirou as próprias roupas, abraçou-a, beijou-a apaixonadamente e deitou sobre ela na cama desfeita.

– Vá devagar comigo. Faz muito tempo que não faço isso – suplicou Dulce.

– Eu também – rebateu Dornelas.

Ela olhou para ele, confusa.

– Mas você não estava casado até pouco tempo atrás?!

– Por isso mesmo.

Dulce riu, o enlaçou com as pernas e o recebeu.

★

– O que você toma de café da manhã? – perguntou Dulce ainda nua, já fora da cama.

Tomado por um desejo inconsciente, Dornelas rebateu a pergunta com outra:

– Você tem goró?

– Cachaça no café da manhã, nem pensar!

Ele riu entre as cobertas, ainda nu.

– Goró é um mingau de farinha láctea, leite em pó e água que como desde criança.

Dulce deu uma gargalhada do pé da cama e se jogou em cima dele.

– Joaquim Dornelas... um homem feito,... ainda come mingau?

– E o que há de errado nisso?

– Vou espalhar para a cidade inteira que o delegado gosta de mingau.

E se engalfinharam novamente.

★

Levinho e contente, Dornelas ganhou a rua e rumou para casa a fim de pegar uma jaqueta. O céu tinha cor e aspecto de uma chapa de aço retorcida. A previsão anunciava chuva para qualquer hora do dia. Passeou com Lupi e ligou para o hospital. A situação de Marina se mantivera estável por toda a noite e o irmão ainda não havia aparecido.

Com o domingo livre e sem um *hobby* à mão para gastar o tempo, resolveu passar na delegacia e pegar o molho de chaves da casa de Marina. Ele queria aproveitar a oportunidade de ainda ter acesso a elas. Com a perícia feita, no dia seguinte elas seriam entregues a Augusto Rivera em caráter definitivo.

Destrancou a porta e abriu-a com o mesmo cuidado de dois dias antes. Sentiu como se tivesse voltado no tempo e Marina ainda estivesse lá. Tinha intenção de reconstruir cada passo dado, cada detalhe da sua passagem ali até a fuga do assassino pela porta da frente. E quem sabe encontrar algum documento, alguma coisa, que ela reservara sobre a Peixe Dourado.

Lembrou do gato saindo detrás do móvel de TV e vasculhou a sala. A porta para o quintal estava fechada. Os passarinhos piavam na gaiola, do lado de fora. Sentou-se na mesma cadeira na sala de jantar e visualizou a mesa arrumada.

Rememorando os fatos, se deu conta de que uma coisa lhe escapara: depois de ter feito exatamente aquilo, observado as mesmas coisas, dali ele subiu para o quarto e não reparou na cozinha. Foi quando notou que, ao fundo, havia uma porta branca de correr com duas folhas fechadas. Com os ladrilhos brancos nas paredes ao redor, a porta passou despercebida por ele naquele dia.

Dornelas foi até lá, abriu uma das folhas e viu uma pequena despensa com pratos, copos, travessas e mantimentos ocupando quatro prateleiras, do chão ao teto. Uma pessoa caberia ali com folga. Certamente foi onde o assassino se escondeu enquanto ele atendia Marina no andar de cima.

Concluiu que o criminoso desceu as escadas quando ele bateu à porta pela primeira vez. Isso explica os respingos de água nos degraus da escada.

Mas uma coisa continuava a intrigá-lo. A porta não apresentava sinais de arrombamento. Dornelas supôs que Marina conhecia o assassino, talvez até a tivesse aberto para ele e subido de volta para o banheiro enrolada na toalha.

Dornelas subiu as escadas e entrou no quarto, acendeu as luzes e viu o gato encolhido sobre a cama. Ao percebê-lo, o animal miou e desceu para esfregar-se em suas pernas. Com uma linha de raciocínio prestes a se fechar, abriu a janela, voltou para se sentar na beirada da cama, pegou o gato no colo e imaginou: para não descer a escada e abrir a porta parcialmente nua, Marina poderia ter levantado um palmo apenas da guilhotina — o suficiente para passar o braço e não se expor sem roupa — e jogado a chave antes de voltar para o chuveiro.

Ela certamente o fez pensando que era ele, Dornelas, que chegava. Das duas, uma: ou era a mais pura coincidência ou o assassino sabia que ele viria. Mas por que se arriscar tanto e cometer um crime minutos antes de o delegado chegar?

Por outro lado, era muito improvável que o assassino soubesse que ela conversaria com o delegado naquela hora exata, ao menos que ela tivesse contado sobre o encontro. Pedir os registros de telefone seria inútil. O processo demoraria semanas e ele já queria ter o caso concluído até lá.

Uma ideia surgiu.

Largou o gato na cama, vasculhou o quarto e sem encontrar o que procurava, desceu para a sala. Marina Rivera, uma solteira inveterada, assim como outros solteiros que passam muito tempo fora, não mantinha um telefone fixo em casa, apenas o celular que levava sempre com ela. Dornelas procurava pelo aparelho. Talvez estivesse nele o número de telefone do assassino. Não encontrou nada, nem aparelho, nem número.

Subiu de volta para o quarto e viu o celular sobre o criado-mudo, atrás de uma pilha de livros. Tentou ligá-lo. Sem bateria. Abriu a gaveta e encontrou o carregador. Enfiou-os no bolso, celular e carregador, fechou a janela, agarrou o gato e desceu. Abriu a porta do quintal, tirou a gaiola dos passarinhos da parede e voltou a fechá-la.

Carregando gato e gaiola, trancou a porta da frente e seguiu para casa. No caminho, mudou de ideia. Lupi na certa armaria uma confusão assim que entrasse com um gato no colo. Desviou a rota e minutos mais tarde batia à porta de Dulce Neves.

— Trouxe uma surpresa pra você. Duas, na verdade.

Ela olhou para ele, incrédula.

— Mal fizemos amor e você já está de mudança, Joaquim!

Ele sorriu e beijou-a no rosto.

— São os animais de estimação de Marina Rivera. Não posso levá-los para casa. Já tenho um cachorro.

— Por quanto tempo precisarei cuidar deles?

— Não sei. Você tem pressa?

Dulce abriu um sorriso maroto. E de coração aberto o deixou entrar com gato, gaiola e dois curiós.

★

Na segunda-feira de manhã, a situação de Marina ainda lhe pesava na alma. Acordou cedo e foi direto para o hospital. Chegou antes das oito e seguiu para o quarto dela. Vazio.

– A senhora sabe o que aconteceu com a paciente do quarto 35?

– Faleceu no meio da madrugada. Não resistiu.

Dornelas olhou para o chão, amuado. A enfermeira o amparou.

– Sinto muito. Mas se o senhor quiser, ainda pode vê-la no velório.

– Onde?

– Aqui mesmo, na capela do hospital. O acesso é feito por fora. Saia pela porta principal e vire à direita.

– Obrigado.

Desconsolado, Dornelas se arrastou para lá e se deparou com uma sala cheia. Autoridades e cidadãos conversavam espalhados em pequenos grupos, a meia voz. O caixão de madeira, apoiado sobre dois cavaletes de metal, estava circundado por um número incontável de coroas de flores.

Visivelmente abalado, Dornelas se aproximou do caixão e observou o rosto pálido de Marina, os olhos fechados, as mãos delicadas cruzadas sobre o peito e sentiu uma mão tocar-lhe o ombro.

– Joaquim, como vai?

Ele se virou e, por impulso, esticou a mão para o chefe.

– Indo, doutor.

– Vamos conversar lá fora.

Amarildo o conduziu até a calçada a uma distância segura onde nenhum intrometido pudesse escutar a conversa dos dois.

– Soube que você a encontrou no chão do banheiro.

Dornelas fez que sim com a cabeça, e antes que o chefe dissesse alguma coisa, já foi logo se explicando:

– Ela me chamou para conversarmos sobre a Peixe Dourado.

– A empresa de Nildo Borges.

– Isso mesmo. Há alguns dias tivemos um papo. Eu a pedi para procurar documentos sigilosos da empresa. Talvez pedir seja leve demais. Eu a intimei, ofereci a delação premiada caso ela fornecesse documentos que comprovassem operações de caixa-dois na Peixe Dourado.

– Por quê você fez isso sem me consultar?

– Tudo me leva a crer que a empresa mantenha uma operação ligada ao tráfico de drogas com alguns pescadores locais. Foi uma estratégia que resolvi adotar.

– E não deu certo. Marina Rivera está morta por causa disso.

Dornelas não respondeu. O chefe não precisava lembrá-lo sobre o desfecho trágico de sua decisão.

– Você sabe se ela encontrou alguma coisa que comprove sua suspeita?

– Ainda não. Mas estou procurando.

Ambos se calaram por alguns segundos. O chefe refletia beliscando de leve a orelha.

– Mas entendo sua linha de raciocínio – ponderou Amarildo. – José Aristodemo dos Anjos seria o distribuidor dessas drogas.

– Exato. Descobri que o carro que o levou da casa da irmã é do Porteiro.

– Então está resolvido: uma clássica guerra pelo controle do tráfico.

– É isso que me intriga. Segundo o vizinho de Maria das Graças, um eletricista aposentado que fez alguns gatos para o Porteiro e para alguns dos seus amigos, eliminar alguém com uma injeção de insulina não faz o estilo dele. Acredito que não tenha sido ele o mandante do crime, embora seu pessoal tenha executado o serviço a pedido de um terceiro que mantém uma ligação com ele. É esse terceiro que estou procurando.

– Você tem alguma suspeita?

– Wilson, o irmão de Nildo Borges. Ele não trabalha diretamente na empresa, mas gerencia um sem número de negócios falidos que precisam mensalmente de dinheiro. Segundo Nildo, as retiradas mensais dos dois são de valores iguais, o que me dá a entender que esse dinheiro cobre as despesas desses empreendimentos.

– Mas você tem dúvidas na sua suspeita. Por quê?

– É óbvia demais, primária demais para ser verdade.

– Um crime não precisa ser complicado para ser um crime.

– Concordo. Mas nesse caso, ainda existe algo por trás que me intriga.

– E você acha que o atentado à sua casa tem a ver com isso também?

– Não vejo outra explicação.

O chefe esticou a mão para ele e disse:

– Joaquim, confio plenamente em você, mas não me deixe no escuro. O meu rabo está na reta tanto quanto o seu.

Dornelas encaixou o recado sem refutar. Apertou a mão do chefe e este lhe deu as costas e foi embora.

Do interior da sala, Nildo desgarrou-se de um pequeno grupo e saiu para cumprimentar o delegado acompanhado de um sujeito que o seguia de perto.

– Este é Augusto Rivera, irmão de Marina – disse o vereador.

– Sinto muitíssimo – disse Dornelas ao apertar a mão de Augusto e sentir a pegada frouxa de um homem em frangalhos. – Já foi decidido onde ela será enterrada?

– Ofereci o mausoléu da minha família – interveio Nildo.

– Uma vez que minha irmã escolheu viver aqui, não vejo razão para enterrá-la em outro lugar. – E tomado por uma agitação repentina, o irmão de Marina o interpelou: – O senhor precisa apanhar o monstro que fez isso.

– O senhor tem a minha palavra.

– Esteja certo de que a Câmara dos Vereadores contribuirá com o que for necessário para isso – completou Nildo.

Dornelas olhou para o vereador e viu novamente o político de personalidade untuosa que ele conhecera com Marina Rivera.

– Com licença – apertou a mão dos dois e foi embora.

★

Dornelas chegou à delegacia pouco depois das 10. Uma fileira de repórteres o aguardava do lado de fora da porta.

– Delegado, a morte de Marina Rivera tem alguma ligação com o Crime do Mangue? – perguntou um deles.

Diferente das vezes em que simplesmente ignorava a presença da imprensa e seguia direto para sua sala, em especial nesse caso, que devia passar pelo crivo da prefeitura, Dornelas estacou. Ciente de que uma oportunidade lhe caíra no colo, resolveu responder. Tão logo se virou, meia dúzia de repórteres se espremeram à sua volta.

– Ainda não podemos estabelecer essa ligação.

Mas quando outro repórter se aproximou para falar, ele arrematou:

– Mas não podemos abandonar essa possibilidade. Por enquanto é só. Obrigado.

E entrou satisfeito por aguçar o apetite da imprensa sem revelar absolutamente nada. A declaração tinha endereço certo: Nildo Borges. Dornelas queria mostrar ao vereador que não estava brincando quanto à promessa que firmaram. Ou Nildo apresentava as provas no dia seguinte, ou a imprensa o faria à força, ao custo de uma suspeita de assassinato e tráfico de drogas no currículo e do fim prematuro da sua carreira política.

– Algum recado? – perguntou a Marilda assim que cruzou a porta de entrada.

– Nada ainda.

Intimamente agradeceu. Depois de um final de semana fora do comum, a última coisa que queria era começar uma segunda-feira a toda a velocidade.

– Solano já chegou?

– Já. E procurou pelo senhor.

O delegado entrou no corredor das salas dos investigadores. Solano já estava lá, digitando no teclado do computador.

– Bom dia – disse Dornelas, ao cruzar a soleira.

– Bom dia, doutor. Como passou o domingo?

Foi quando Dornelas notou que não tivera, até então, tempo de digerir tudo o que acontecera no caso e na sua vida pessoal durante os últimos dois dias.

– Agitado.

– O senhor quer saber o que eu descobri?

– Diga.

– Adivinhe que tipo de serviço o senhor... – Solano baixou os olhos para um papel sobre a mesa – Jordevino Almeida também faz, além de pescador e dono do barco Cê Que Sabe?

– Pedreiro. Foi ele quem fechou a porta no quarto de Maria das Graças.

Solano fechou a cara, igualzinho a uma criança que teve o doce roubado na escola.

– Como o senhor descobriu?

Dornelas não respondeu. Queria desfrutar em silêncio a conclusão a que chegara.

– Mas tem uma coisa que eu não sei que talvez você possa me dizer. Quando ele fez o serviço?

– Um dia antes do crime.

– É o que eu pensava. Vá buscar Maria das Graças. Quero conversar com ela imediatamente.

– É pra já, doutor.

Solano fechou o computador, recolheu a carteira e a arma de cima da mesa e saiu.

Capítulo 16

— Posso colocá-la atrás das grades por ter mentido no seu depoimento – disse Dornelas, sentado em sua cadeira.

– Como assim, delegado? – retrucou Maria das Graças com surpresa dissimulada nos olhos. Ela estava sentada numa das cadeiras de visitantes do outro lado da mesa, a bolsinha apertada entre as mãos, sobre o colo.

– Sei que seu cliente na hora que levaram seu irmão não era Raimundo Tavares.

– Claro que era. O senhor conversou com Raimundo. Ele confirmou a minha história.

– Confirmou, mas não me convenceu. São duas coisas muito diferentes. Vou procurar ser mais claro, para a senhora entender.

Dornelas se levantou e iniciou uma caminhada sem rumo pela sala. Prosseguiu:

– Essa cadeira em que a senhora está sentada tem um nome: eu a chamo de Cadeira da Verdade, ou da Mentira, dependendo do ponto de vista. Todos que se sentam nela contam uma história mais mirabolante que a outra. A senhora não faz ideia do que eu já ouvi.

Maria das Graças endureceu no lugar. Dornelas foi em frente.

– É incrível o poder dessa cadeira. Sentadas aí as pessoas esquecem detalhes importantes, criam novas versões, ou até mesmo contam a história que algum outro lhe pediu para decorar. Mas o que essa pessoa não consegue fazer é me convencer de que aquilo é verdade. A senhora está me seguindo?

– Sim, senhor – murmurou ela.

– Ótimo. Existe uma coisa muito interessante no cinema, a sétima arte, de que gosto muito, que é a felicidade de alguns diretores quando encontram um ator com o tipo físico e talento ideais para desempenhar determinado papel. Os franceses chamam isso de *physique du role*. Vou dar um exemplo: veja Harrison Ford, aquele ator americano. Ele convence qualquer um no papel de Indiana Jones. Pois a senhora imaginaria Tom Selleck, o Magnun da TV, como Indiana Jones depois de ter visto Harrison Ford com aquele chapéu e o chicote?

Maria das Graças fez que não com a cabeça.

– Pois o Magnun era a primeira escolha do diretor para o papel.

Ela não se mexeu na cadeira.

– O que quero dizer com isso é que Raimundo Tavares, mesmo sendo o bom ator que é, tanto que conseguiu se safar da CPI da Câmara dos Vereadores, não me convenceu no papel de cliente da senhora naquela noite em que o seu irmão foi morto. Simplesmente não cola, a senhora me entende?

Maria das Graças baixou os olhos como se examinasse os sapatos.

– Me convencer não é fácil. Como disse, gosto de cinema, não apenas das histórias, mas adoro o trabalho dos atores, as sutilezas, a capacidade de alguns de encarnar o papel com tal profundidade que você chega a pensar que está assistindo a um documentário. Digo tudo isso por que a senhora também não me convenceu quando afirmou que a obra do seu quarto havia sido feita depois da morte do seu irmão.

Ela levantou os olhos e o encarou com pavor.

– O senhor Jordevino Almeida fez o serviço um dia antes do crime – prosseguiu Dornelas. – E digo mais, o valor desse serviço nem foi pago pela senhora, mas por outra pessoa.

– Não faça isso, doutor. Ele vai me matar.

– Não vai não. Nós vamos lidar com ele. Quero apenas saber por que a senhora não me disse que seu cliente naquela noite era Wilson Borges?

– Ele prometeu que mataria a minha mãe e eu se alguma de nós abrisse a boca para a polícia.

– A polícia não é a imprensa. Nosso trabalho não é divulgar sua lista de clientes para os leitores de jornais.

– Esse homem é louco, doutor, uma besta-fera – ela colocou as mãos sobre o rosto e começou um choro contido. – A pior coisa que pode acontecer na vida de uma mulher como eu é o cliente se apaixonar pela gente. É um desastre. Muitos homens confundem o carinho que temos na cama com amor de verdade. Com Wilson foi assim, ele se apaixonou por mim, loucamente.

– Explique-se?

– Ele me ligava diversas vezes no dia, dizendo que me amava, que eu era a mulher da vida dele. Chegou uma hora em que começou a me incomodar tanto que passei a não atender mais.

– Mas atendeu, tanto que ele foi para a sua casa naquela noite.

– Foi por que eu pedi. Eu queria conversar com ele sobre aquela obsessão, dizer que aquela paixão não teria futuro, que sou uma prostituta, que atendo muitos clientes. Era como falar com um menino que se apaixona pela professora. O homem não entendia.

– E a forma que você usou para fazê-lo entender foi fazer amor com ele mais uma vez?

Ela fez que sim com a cabeça e baixou os olhos de novo.

– Era o único jeito de fazê-lo sossegar – disse baixinho, quase num sussurro.

Dornelas a deixou em silêncio por alguns segundos.

– Quando o viu pela última vez?

– Naquela noite mesmo, assim que meu irmão foi levado e eu saí da cama para ver o que tinha acontecido. Quando abri a porta e encontrei a seringa no chão, Wilson já estava todo vestido e saiu logo em seguida. Mas antes botou o dedo no meu nariz e disse para que eu não contasse nada à polícia de que era ele que estava comigo. Me ameaçou de morte e foi embora.

— Ele a ameaçou de novo depois disso?

— Não, nunca mais.

Maria das Graças lançou-lhe um olhar de pavor na esperança de que Dornelas dissesse ou fizesse alguma coisa. E ele fez uma pergunta:

— Por que a senhora desmaiou assim que contei que a perícia havia encontrado insulina na seringa?

— A doença do meu irmão era quase um segredo em casa, algo que não se falava, nem mesmo entre nós. O Dindinho via aquilo como um ponto fraco que os seus inimigos poderiam usar contra ele. Por isso pedia para não contarmos sobre a doença dele para ninguém.

— Mas pelo jeito a senhora contou para uma pessoa fora da sua família, uma só.

— Wilson Borges.

— Por que?

— Ele também é diabético. O assunto surgiu numa conversa.

— Mas isso não faz dele o assassino do seu irmão.

— Não, não faz.

— Embora o fato de ter acesso a uma grande quantidade de insulina, me leve a suspeitar dele — Dornelas refletia em voz alta. — Por outro lado, ele também pode ter contado a algum outro, que usou a informação para matar o seu irmão.

Ela moveu a cabeça com um "sim" nervoso enquanto esfregava uma mão na outra.

— A senhora quer um copo de água?

— Por favor, delegado.

Dornelas voltou para sua cadeira, puxou o telefone do gancho e discou três números.

— Marilda, traga você mesma dois copos de água, por favor.

— É pra já, doutor.

E desligou. Não queria ser interrompido pelo olhar comprido de Solano no decote de Maria das Graças.

— Quer descansar um pouco?

– Não precisa.

– Muito bem. A senhora sabia que o carro que levou seu irmão é do Porteiro?

De olhar baixo, ela fez que não com a cabeça.

– Sabe quem é ele?

– Sei.

– O seu irmão fazia negócios com o Porteiro?

– Que eu saiba, não. Mas como disse para o senhor, eu sei muito pouco sobre os negócios do meu irmão. Ele se enfiava no buraco dele durante o dia e aparecia quando queria.

Uma leve batida na porta e Marilda entrou com dois copos de água suados numa bandeja. Ela colocou ambos sobre a mesa, diante de cada um, e saiu.

– Obrigado, Marilda.

– Disponha, doutor.

Os dois beberam.

– A senhora tem alguma suspeita de quem possa ter matado seu irmão?

– Não faço ideia.

Dornelas esperou um pouco na expectativa de alguma nova informação surgir. Diante do silêncio dela, concluiu:

– Muito bem. Se eu precisar da senhora, voltarei a chamá-la.

– Fique à vontade, delegado. Só não conte a ninguém sobre Wilson Borges. Tenho medo dele, de verdade.

– Pode deixar. Como eu disse, lidaremos com ele.

Dornelas se levantou para abrir a porta e notou que Maria das Graças parecia exausta.

– Da próxima vez que se encontrar com Raimundo Tavares diga a ele que aguarde o indiciamento por falso testemunho.

– Diga o senhor.

O delegado fechou a porta assim que ela saiu.

★

Dornelas voltou para sua mesa e bebeu o resto da água que sobrara no copo. Estava agitado. Levantou-se e foi para a sala de Solano. Precisava digerir em voz alta o teor da conversa que acabara de ter.

– Toma um café? – perguntou ao investigador.

– Agora não. Mas acompanho o senhor.

Ambos seguiram para a copa e Dornelas se serviu. Alegrou-se pela fumacinha que saiu do copo, sinal de que o café era novo. Não queria tomar a sobra da garrafa térmica do meio da manhã, morna e amarga. Jogou uma colherada de açúcar e mexeu.

– A conversa com a dona Maria das Graças foi esclarecedora – disse antes de bebericar da beirada do copinho.

– Em que sentido? – perguntou Solano.

– Ela não esperava que descobríssemos quando a obra no quarto dela foi feita.

– E como ela reagiu?

– Pareceu surpresa, mas quando eu disse que outra pessoa havia pago pelo serviço, ela arregalou os olhos de medo. Daí a concluir que era Wilson quem se divertia com ela na noite do crime foi um pulo.

– Como o senhor descobriu?

– Joguei verde e colhi maduro. Presumi que se Wilson pagou pelo trabalho, me pareceu óbvio que ele devia ser um cliente especial.

– E era?

– Wilson se apaixonou por ela. Na certa queria tirá-la da prostituição.

– Não conseguiu.

– Não, mas não voltou mais depois do crime.

– O senhor imagina por quê?

– Penso em dois motivos – ponderou o delegado – se ele tem envolvimento com o crime, sumiria automaticamente. Se não tem, certamente não quer ver seu nome na imprensa ligado à morte de um traficante. Isso poderia respingar sobre a carreira do irmão.

Solano olhou para ele com admiração. Dornelas prosseguiu.

– Por outro lado, se Wilson foi o mandante do crime, e matou Marina Rivera por ter vasculhado a Peixe Dourado, isso reforça minha tese de que existe uma ligação entre ele e o Porteiro, e consequentemente com o tráfico de drogas.

Uma luz se acendeu na sua mente. Dornelas atirou o copinho com o resto de café ainda quente no cesto de lixo.

– Você está muito ocupado agora? – perguntou para Solano.

– O de sempre.

– Venha comigo.

Saíram depois de avisar Marilda de que voltariam depois do almoço. Caso precisasse, ela os encontraria pelo celular.

★

Dornelas e Solano entraram de rompante no bar do Vito. O italiano varria o chão enquanto a mulher arrumava as mesas para o almoço.

– *Buon giorno*, delegado. Un café?

– Dois, um para mim e outro pra você.

Vito imobilizou-se no lugar, agarrado à vassoura.

– O que aconticeu, dotor?

– Preciso bater um papo com você – disse Dornelas puxando uma cadeira para o italiano se sentar. Tinha pressa.

Vito deslizou para o assento devagar. Estava apavorado. A mulher ficou paralisada no meio do salão com uma pilha de pratos nas mãos.

– Delegado, meus papels tão tudo em orden. Sou cidadão *brasiliano* agora. Minha mulhé tá esperando um *bambino* meu.

– Não é nada disso. Relaxe. Tenho uma dúvida sobre uma investigação que estou conduzindo. Preciso da sua ajuda.

O italiano largou-se com os braços sobre a mesa no mesmo instante que a mulher correu para trás do balcão para preparar o café. Solano e Dornelas se sentaram.

– Você, que é dono de restaurante, sabe se alguns restaurantes estão traficando drogas com alguns pescadores? Note a ênfase no alguns. Pergunto isso por que eles podem estar entregando os peixes junto com um bocado de drogas. Um pacote fechado, entende?

Passando as mãos nos cabelos negros e revoltos, Vito arregalou os olhos, esticou a cabeça sobre a mesa como uma tartaruga e adquiriu um tom de voz conspiratório.

– Doutor, isso acontece direto. Elis enfia un pacotino de maconia, crack ou cocaína no fundo das caixa plástica, cobre tudo com pesce o camaron, gelo por cima, e entrega. Já viero mi oferecê, mas io recusei. É um serviço *à la carte*, dotor.

– Um pescador ofereceu isso a você?

– Non, um sujeito que non tem nada a ver com pesca. Un traficante mesmo. Até acho que era aqueli que o senhor tirô no canal.

– Como não pensei nisso antes? – Dornelas deu um tapa na mesa.

– E isso só aconteci por qui tem cliente que pedi, como se eu tivesse que colocá maconia e cocaína no cardápio. Um absurdo!

Perguntar a ele o nome do pescador que faz a entrega seria inútil. E Dornelas não queria colocar o pescoço do italiano em risco, bastava o que acontecera com Marina Rivera.

A mulher do Vito apareceu com uma bandeja e duas xícaras e depositou-as diante do delegado e do marido.

– Obrigado.

– Brigado, *amore*.

Ambos pegaram dois saquinhos de açúcar depositados numa tijelinha no meio da mesa. Dornelas adoçou o seu, afoito.

– A que horas as entregas são feitas nos restaurantes?

– Quen paga para ter os melhoris pesce, logo cedinho, assim que os barco chega no cais. Quem não paga, mais tarde um poco.

– E quando o barco chega ao cais o pessoal do Instituto da Pesca já faz a vistoria, correto?

– Correto – disse Vito. – Mas já teve caso de eu precisá comprá pesce direto dos barco, no cais.

– Por quê? – Solano tirou a pergunta da boca do chefe.

– Porque eu num pago bola nem compro droga.

– Mas você já viu venderem droga direto no cais? – perguntou Solano.

– Nunca.

– É isso – Dornelas socou a mesa. Solano e Vito deram um salto no lugar – As drogas não chegam na Peixe Dourado nem no cais porque são entregues antes nos restaurantes à beira-mar, ou àqueles em que só se chega de barco. Esses eram os pontos de venda e distribuição do Zé do Pó. Dali ele repassava para outros restaurantes na cidade.

Vito assentiu cautelosamente com a cabeça, como se alguém estivesse monitorando a conversa com uma câmera oculta.

– Mas se os peixes não passam pela Peixe Dourado, qual a ligação da empresa com o tráfico? – perguntou Solano.

– O caixa-dois da empresa, se é que existe, é que vai nos dizer. Nildo tem até amanhã para apresentar provas de que não tem nada a ver com isso.

Dornelas tomou a xícara de café num gole só e quando enfiou a mão no bolso para tirar o dinheiro, Vito o interrompeu.

– Hoje é por minha conta, dotor.

– Obrigado.

Saíram.

★

Já na rua, o delegado sacou o celular e apertou alguns botões.

– Você tá no mar hoje?

– Ainda não, mas vou sair daqui a pouco. Por quê? – perguntou Cláudio.

– Quero almoçar no restaurante do Silvinho, na ilha Escondida. Você me dá uma carona até lá?

Um breve silêncio e Cláudio retomou.

– É por causa da investigação, doutor?

– É sim.
– Tenho medo de me envolver nessa história, delegado.
– Você não vai se envolver. Basta me levar.
Outro silêncio. Dornelas sentiu a hesitação do amigo.
– Tudo bem.
– Em vinte minutos no cais?
– Estarei lá.
Desligaram.

★

Cláudio aproximou o barco com maestria e o manteve apertado contra as defensas do deque por alguns segundos, tempo suficiente para Dornelas e Solano pularem sobre o piso de madeira rente à água. Outra escada os levaria ao piso superior, o do restaurante. Sozinho no timão, Cláudio afastou o barco e seguiu para o mar aberto.

Embora fosse uma segunda-feira, dia de restaurantes fechados na cidade, o do Silvinho estava aberto.

Como construção, não havia nada de especial. As mesmas paredes de pedra e o mesmo mobiliário de madeira que se encontra na maioria dos bares e restaurantes de Palmyra. Um restaurante como outro qualquer, não fosse o lugar, um amontoado de pedras no meio do mar, a um quilômetro da cidade com vista privilegiada para o Centro Histórico.

Tudo isso, mais os pratos de frutos do mar que vinham de águas não muito distantes dali, eram incluídos nas contas geralmente salgadas que os turistas, principalmente os estrangeiros, pagavam sem reclamar. Uma Coca-Cola no Silvinho não saía por menos de 15 paus.

Ao emergirem da escada para o deque, Dornelas e Solano estacaram: dois peixes fora da água. Com mais pele à vista do que roupas, nenhum cliente, nem mesmo a equipe de garçons, usava terno e gravata. Solano, mais informal, sentiu pena do chefe.

Sob os embalos de uma música *lounge*, Dornelas rapidamente

tirou o paletó, arregaçou as mangas da camisa, tirou a gravata, dobrou-a e guardou-a no bolso. Uma loira esguia com trapos sobre o corpo, dessas que se vê nos catálogos de moda, os recebeu com surpresa, como seres de uma galáxia distante.

– O Silvinho está por aí? – perguntou Dornelas à *hostess*.

– Quem quer falar com ele? – retrucou a mulher, em tom desafiador

– Delegado Joaquim Dornelas.

Definitivamente um ser de outro planeta, ela deve ter pensado, porque num rodopio ligeiro sobre os calcanhares, deu as costas para Dornelas e saiu andando na direção da cozinha como se desfilasse numa passarela, os cabelos esvoaçantes ao vento.

Enquanto aguardavam de pé sob o sol forte, Dornelas viu a fome crescer dentro dele apenas com o cheiro dos pratos circulando nas mãos dos garçons e nas mesas em volta.

Uma peixada à brasileira passou ainda borbulhando na tigela de barro, bem na hora que um sujeito de cabelos grisalhos saiu da cozinha limpando as mãos num pano branco, que largou no caminho, sobre o balcão.

– Silvio Freitas – disse o homem, que estendeu o braço ao delegado.

– É um prazer, senhor Freitas – Dornelas apertou a mão dele – Esse é Solano. Ele trabalha comigo.

Ambos se cumprimentaram e o *restauranteur* os convidou para uma mesa nos fundos, afastada dos clientes.

– Em que posso ajudá-lo, delegado? – perguntou Silvio assim que se acomodaram.

Sem motivos para rodeios, Dornelas foi direto ao ponto.

– O senhor soube que encontramos o corpo de um traficante de drogas na baía de Palmyra na semana passada?

– Claro. Era mesmo um traficante, então! – presumiu Silvio.

– Dos grandes.

O garçom se aproximou para largar os cardápios na mesa e foi impedido por Silvio.

— Vamos sair do menu hoje — disse ele. — Os senhores comem polvo?

Dornelas e Solano fizeram que sim com a cabeça.

— Ótimo. Recebemos polvos frescos hoje pela manhã. Posso oferecer-lhes polvos à provençal? Estão deliciosos.

Certo de que a oferta tinha a intenção de comprar a simpatia da polícia, assim como fazem muitos dos restaurantes da região, Dornelas logo interferiu:

— Com a condição de que paguemos a nossa conta.

Silvio Freitas sobressaltou-se e fitou o delegado longamente, numa mistura de admiração e cautela. Ele não recordava da última vez que um delegado de polícia botara os pés no seu restaurante. Não a trabalho, pelo menos. Uma sirene berrou em sua cabeça.

— Muito bem — Silvio instruiu o garçom que anotou o pedido e sumiu. Virou-se para Dornelas e retomou: — O corpo encontrado na baía... não foi o senhor quem o tirou de lá?

— Sim. Ele se chamava José Aristodemo dos Anjos e traficava maconha, cocaína e crack com alguns pescadores da região. Esse nome diz alguma coisa para o senhor?

— Nada.

— E Zé do Pó? — replicou o delegado à espera de uma reação de Silvio, que fingiu indiferença. — Pelo que descobrimos até o momento, as drogas não entravam na cidade antes de passarem por restaurantes à beira-mar, que chamamos de pontos de distribuição. Zé do Pó era quem administrava esses pontos e, através deles, distribuía drogas para outros restaurantes, além de outros lugares no município.

— Por que o senhor acredita que os restaurantes estariam envolvidos numa coisa dessas?

— Para servir seus clientes. É o negócio de vocês.

Silvio solotu uma risada nervosa.

— Espere um pouco, delegado. O senhor está insinuando que vendo drogas aos meus clientes ou que distribuo pela cidade?

Dornelas resolveu não emitir palavra. A resposta estava impressa no seu jeito de olhar, direto e sem rodeios.

– Entendo – ponderou Silvio. – Então o senhor está aqui por que pensa que o meu restaurante é um desses pontos de distribuição!

– Isso mesmo.

– O senhor tem provas?

– Não, mas o senhor vai me ajudar a obtê-las.

O *restauranteur* jogou a cabeça para o alto e soltou uma gargalhada.

– E por que eu faria isso?

– Por que se eu conseguir essas provas sem sua ajuda, o seu caminho será sofrido e desagradável.

– Em que sentido?

– Vivemos numa cidade pequena, senhor Freitas. Aqui não é o Rio de Janeiro, muito menos São Paulo. Posso ligar deste celular – Dornelas colocou o aparelho sobre a mesa – e pedir ao juiz Souza Botelho um mandado de busca para vasculhar cada canto deste restaurante. O mandado pode chegar antes de terminarmos o almoço. E se encontrarmos alguma coisa – e tenho certeza de que encontrarei – posso colocá-lo atrás das grades sob acusação de tráfico de drogas, além de fechar este lugar por tempo indeterminado.

Dornelas detestava ter que desempenhar o papel de policial durão e filho da puta, mas àquela altura da investigação, era mais do que necessário. Intimamente ele sabia que se não obtivesse o que queria espremendo o *restauranteur*, havia o risco de o caso perder o clamor da mídia e a coisa toda desandar rapidamente.

– Mas existe outra forma. O senhor pode me convidar agora para visitar sua cozinha, um direito que eu, e todos os seus clientes aqui, temos assegurado por lei. Se o senhor me negar esse direito básico, sou forçado a assumir que minha suspeita tem fundamento e que o senhor tem algo a esconder. Daí, voltamos ao celular, ao mandado de busca e aí por diante.

O garçom se aproximou da mesa e perguntou sobre as bebidas. Dornelas pediu uma água com gás. Solano também. Silvio Freitas, com olhar fixo no delegado, nada disse e o rapaz se foi.

– Mas antes que decida que caminho tomar – retomou Dornelas –, quero que entenda que não estou aqui para prejudicar o senhor ou o seu restaurante. Muito pelo contrário. Esta casa é uma marca registrada dessa cidade. Embora eu acredite que o senhor tenha se desviado da sua proposta original, que é oferecer comida de qualidade num local diferenciado aos turistas e moradores de Palmyra.

Dornelas pousou as duas mãos sobre a mesa e arrematou.

– Se está envolvido de alguma forma com tráfico de drogas, sugiro que pare agora mesmo. Esse caso ficará a cargo da Polícia Federal e tenho certeza de que eles não virão bater um papo com o senhor durante o almoço. Minha investigação se concentra em descobrir quem matou o Zé do Pó, além de outra pessoa.

– Marina Rivera – soltou Silvio, para surpresa de Dornelas.

– O senhor a conhecia?

– Não, mas a notícia está em todos os jornais. O enterro será hoje às 5 da tarde, não é mesmo?

O garçom voltou com as bebidas que serviu nos copos do delegado e do investigador.

– Traga uma cerveja escura para mim – pediu Silvio.

O rapaz anotou o pedido e sumiu para a cozinha.

– Se tenho que falar, que seja com a garganta gelada.

Na hora e meia de conversa, entremeada por garfadas em toletinhos de um polvo leve como pluma, Dornelas teve confirmada sua suspeita, assim como a forma com que o Zé do Pó distribuía as drogas na cidade.

– Como o senhor faz para que seus funcionários não descubram os pacotes no fundo das caixas de peixes? – indagou Dornelas.

– Eu mesmo recebo e confiro os produtos, sempre sozinho e dentro do freezer que tenho nos fundos. O meu controle de qualidade – disse Silvio numa risada nervosa. – Conferia, melhor dizendo.

– O senhor mesmo fazia os pagamentos?

– Sempre, assim que eu terminava a conferência e guardava as drogas num armarinho trancado, dentro do freezer. Geladas elas duram mais, o senhor sabe – disse meio sem jeito. – Os pagamentos eram sempre feitos em dinheiro vivo junto com o pagamento da carga. Eu sou o único que mexe com dinheiro por aqui. Dessa forma minha equipe não suspeitava de que eu pagava mais do que devia.

Uma operação caseira, porém muito bem azeitada, pensou Dornelas.

– Alguém entrou em contato com o senhor desde que o Zé do Pó morreu, querendo assumir o controle do negócio? – perguntou Solano, até então um ouvinte atento.

– Ninguém – retrucou Silvio.

– Não é de espantar – disse Dornelas – O caso ainda está quente na mídia. Quando esfriar, alguém virá procurá-lo.

– E o que devo fazer quando isso acontecer?

– Diga a verdade, que saiu do negócio, que a polícia baixou aqui e o ameaçou. Mas antes, recomendo que se livre de tudo que tem o mais rápido possível e acerte as contas com quem quer que seja – aconselhou Dornelas antes de arrematar – Se eu ouvir que o senhor continua nesse negócio, lembre-se da Polícia Federal.

– Pode deixar, delegado.

– Esse polvo está mesmo uma delícia.

Depois do café e sem a sobremesa, Dornelas pagou uma conta salgada e voltou com Solano para a cidade, de carona numa baleeira com alguns turistas.

Capítulo 17

Dornelas pulou do barco e saiu caminhando pelo cais bem devagar. Aos olhos de Solano, que o observava de perto, o chefe procurava formigas sobre o piso de tábuas. Um tédio só. Foi assim, imerso em pensamentos, num mundo subterrâneo só dele, que o delegado seguiu pela rua de terra, pelo Centro Histórico, pela parte nova da cidade. A visão do prédio da delegacia o trouxe de volta à realidade.

O delegado se recordava de um caso antigo, de um sujeito que passou a lhe enviar cartas anônimas, uma a cada dia, durante trinta dias. As cartas eram toscamente escritas. Mas em cada uma o sujeito revelava, intencionalmente ou não, uma pista do crime que havia cometido: o assassinato brutal da própria namorada. Em suma, a alma traiu a própria consciência e o sujeito acabou caindo nas malhas da polícia.

Para Dornelas, ele foi movido pelo desejo de ser preso.

Bem sabia o delegado que é comum o matador iniciante se arrepender do que fez. Quando se cruza para o outro lado, é um caminho sem volta. O criminoso se separa do rebanho e se torna uma espécie disforme, uma aberração da natureza.

Abriu a porta da delegacia, intrigado. Sem saber ao certo a razão de ter se lembrado desse caso, convocou sua equipe para uma reunião assim que passou pela recepção.

Em volta da mesa se sentaram Solano, Lotufo, Caparrós e Peixoto, o vice, que retornava sem entusiasmo da licença paternidade em que passou lambendo a cria. Dornelas foi logo se desculpando com ele.

– Não deu pra fazer uma visita ao hospital – disse ao apertar a mão do vice. – Mas enquanto o seu filho nascia, o Zé do Pó morria no canal. Vida e morte ao mesmo tempo, entende? Isso aqui ficou uma loucura.

– Não se preocupe, doutor. E obrigado pelas flores. Minha mulher adorou.

Dornelas alegrou-se pelo trabalho de Marilda. Sejam lá o arranjo escolhido ou as palavras no cartãozinho, ela acertou em cheio. Precisava agradecê-la depois e com isso fechar a operação.

– Não pude vir antes por que o menino teve aquela coisa de pele – retomou o Peixoto.

– Icterícia? – completou Dornelas.

– Isso mesmo. Ele teve que ficar debaixo daquela luz.

– Fototerapia.

E antes que o Peixoto retomasse a cantilena, Dornelas se sentou e pediu pelo telefone que Marilda trouxesse café e água para todos. Ao vê-los acomodados, o delegado espalmou as mãos sobre a mesa e disse:

– Bom, meus caros, para quem não está familiarizado com o caso, essa é a hora.

Entre café quente e água gelada, Dornelas discorreu sobre todos os passos da investigação, cada dúvida, cada depoimento, cada questão em aberto, cada canto investigado. No entanto, permanecia na expressão dos subordinados a dúvida sobre o motivo da reunião.

– Quero vocês hoje no enterro de Marina, à paisana, apenas como observadores. Não quero ninguém armado. Ficaremos espalhados pelo local com os rádios escondidos e sem ficar de *ti-ti-ti* uns com os outros. Observem o rosto das pessoas, as expressões, as atitudes para ver se nos deparamos com alguém suspeito. Acredito que o assassino vá se misturar à multidão apenas por um desejo mórbido de saborear pela última vez o resultado do seu trabalho. Sei que é como procurar uma pulga no rabo de um touro, mas não podemos perder essa oportunidade.

Dornelas bebericou do café e prosseguiu:

– Temos de contar com a possibilidade de os dois casos não terem qualquer conexão entre si, embora eu acredite que ambos estejam intimamente ligados. A impressão que tenho é de que Marina Rivera era muito querida na cidade, especialmente nas comunidades pobres, e acredito que isso vai nos ajudar a receber informações de quem a matou. Por isso, sugiro fazermos o caminho inverso dessa vez: vamos primeiro atrás de quem matou Marina. Isso talvez nos leve ao assassino do Zé do Pó, uma vez que uma boa parte da morte dele já foi elucidada. Alguma dúvida?

Os subordinados se entreolharam. Ninguém respondeu.

– Ótimo. Quem precisar passar em casa para trocar de roupas, vá em frente. Vou ao hospital acompanhar o corpo até o cemitério. Seria bom que todos vocês fizessem o mesmo. Combinado?

Quase em uníssono, todos concordaram. Dornelas terminou a água, se levantou e virou-se para o vice:

– Quero que fique por aqui e cuide da delegacia nesse meio tempo – disse o delegado enquanto pensava, *assim ele não me atrapalha.*

– Pode deixar, doutor.

Um a um, todos se levantaram e Dornelas arrematou:

– Não preciso dizer que não quero ninguém – virou-se para o vice –, absolutamente ninguém, abrindo a boca para a imprensa. Estamos entendidos?

O Peixoto encolheu-se como um cachorro, o rabo entre as pernas, e fez que sim com a cabeça. Dornelas foi para sua sala enquanto cada um seguia o seu caminho.

★

Bateram quatro e meia quando o delegado chegou ao hospital.

Decidiu ficar do lado de fora, na rua, no meio do povo, enquanto os agentes funerários se preparavam para embarcar o caixão no carro que levaria o corpo de Marina Rivera ao cemitério.

Uma multidão aguardava do lado de fora da sala do velório, espalhada pela calçada e tomando boa parte da rua, que ficara impraticável, exigindo que um guarda de trânsito delimitasse a área com uma fileira de cones.

De olho no movimento dentro da sala, Dornelas viu de longe o irmão de Marina ajudando a fechar o caixão. Ele tinha uma expressão abatida, os olhos vermelhos e fundos. Era um homem fragilizado, em visível processo de desmoronamento emocional. Nildo Borges o acompanhava de perto, assim como duas pessoas que choravam em volta: gente do gabinete que Dornelas vira de relance na sua visita à Câmara dos Vereadores.

Seis homens suspenderam o caixão pelas alças e o carregaram para fora, para a caçamba do carro fúnebre.

O delegado notou não ter visto Wilson Borges.

Assim que o motor foi ligado e o automóvel se moveu, a multidão iniciou a romaria a caminho do cemitério. Em vez da sirene para conter o trânsito, como se faz nas grandes cidades, o motorista fez soar o *Réquiem* em Ré Menor de Mozart, que Nildo Borges escolhera a dedo.

A distância do hospital ao cemitério era relativamente curta. A massa de gente deu maior dimensão à cerimônia. Sob um céu cor de chumbo, andorinhas rodopiavam no ar e as pessoas cambaleavam atrás do veículo, divagando, murmurando, embaladas pelos acordes da música triste e lamurienta; um rio caudaloso de vidas humanas. *O povo gostava dessa mulher*, concluiu Dornelas, dado que de todos que ali, apenas um era parente direto dela.

Procurando não se envolver emocionalmente, Dornelas seguia a procissão devagar, pelo lado de fora, à margem da multidão, olhando para os lados e para trás, quase andando de costas, contra o fluxo. Avistou Solano ao longe, do outro lado da massa. Lotufo o seguia mais atrás. Caparrós estaria por ali, misturado, invisível no meio do povo.

Ao varrer com os olhos o aglomerado de gente, Dornelas viu Maria das Graças não muito longe dali. Ela tinha uma expressão triste, os olhos injetados e baixos. Comovido, Dornelas aproximou-se dela.

— Você a conhecia? — perguntou o delegado.

– Muito bem – respondeu Maria das Graças. – Ela visitava o nosso bairro muitas vezes, conversava com as pessoas na rua. Dona Marina era gente muito boa. Vai fazer muita falta.

– Tenho certeza que sim.

Maria das Graças não respondeu, seguiu o seu caminho olhando para o chão. Sem saber se ia embora ou dizia alguma coisa, Dornelas decidiu acompanhá-la.

– Que tipo de trabalho ela fazia? – perguntou e se arrependeu no segundo seguinte. Não tinha intenção de transformar o cortejo num interrogatório.

– Isso vai constar no meu depoimento, delegado?

– Me desculpe. É que não tive tempo de conhecer Marina o suficiente para entender o trabalho que ela desenvolvia. A impressão que tive era que ela se envolvia muito com a comunidade.

Com uma ponta de indignação, Maria das Graças parou, levantou os olhos e o encarou. E num segundo, deixou-se levar. Aproximou-se de Dornelas e enroscou o braço no dele. Foram andando assim, lado a lado.

– Ela era uma grande mulher. Não tinha homem para encher o saco, querer foder com ela o tempo todo. Ela aproveitava o tempo para trabalhar para o povo, trabalhar de verdade. Se a prefeitura não tirava o lixo da rua, bastava ligar que ela se mexia para cutucar a empresa responsável pelo serviço. Se um bueiro entupia, a mesma coisa. Mas diferença mesmo ela fazia nas escolas. Marina acreditava que só com educação esse país pode ir para frente, só com gente capaz de ler e escrever, pensar e decidir com a própria cabeça.

– Que tipo de trabalho ela desenvolvia?

– De tudo um pouco. Ela cuidava para que as cestas-básicas chegassem às famílias na época do Natal e não fossem desviadas no caminho. Ela mesma é quem fazia algumas entregas. Dona Marina estava sempre nas oficinas com os professores. A mulher queria entender as dificuldades da classe, ouvia as reclamações, procurava por soluções. Lidava até com alguns pais.

Dornelas pensou no que Maria das Graças dissera e decidiu fechar a boca. As pinceladas finais na personalidade de Marina Rivera haviam sido dadas. O delegado lamentou não tê-la conhecido melhor. Certo ou errado, Marina tinha um discurso coerente e uma conduta clara que produzia resultados concretos. Ela mudava a vida das pessoas de verdade, para melhor. Mesmo dizendo para si que ele próprio não era o responsável direto pela morte dela, Dornelas sentiu um peso enorme lhe cair sobre os ombros.

Seguiram caminho e dobraram a esquina do hospital, rumo ao morro das Mangueiras, onde fica o cemitério, atrás e acima da cidade. Encarapitado no morro, o Cemitério das Mangueiras oferecia uma vista encantadora da baía de Palmyra, talvez a mais bela, certamente a menos conhecida. Um cartão postal e tanto, não fosse o estado de devastação do lugar. Dali já se podia ver os muros carcomidos, flores secas, cruzes desmanteladas, o piso pé de moleque da rua central em aclive, que liga o portão da entrada à antiga casa de necrópsias, morro acima; entre as tumbas corroídas pelo tempo e o abandono, ruelas irregulares de terra batida se enroscavam como caminhos de ratos.

Ao passarem pela entrada do pronto-atendimento, depois uma pousada e uma ruela esquecida, a multidão subiu cambaleante a rua de paralelepípedos embalada pela Lacrimosa de Mozart. Os acordes lamentosos davam gravidade à cerimônia, as pessoas pareciam mais pesadas, arrastavam-se, como se carregassem uma mochila de pedras ladeira acima.

O carro então se aproximou do portão do cemitério, freou, a turba estancou e ouviu-se um estalido seco, um tiro. O povo se jogou no chão. Muita gente gritou. Maria das Graças fez o mesmo. Dornelas se abaixou, mas permaneceu de joelhos, cabeça erguida, à procura do atirador, ou de algum sinal dele.

Viu meia dúzia de pessoas em volta de Nildo Borges, que jazia deitado. Esgueirou-se pela multidão que gritava. Ao se aproximar do vereador que se contorcia no chão, notou que o atirador mirara o coração e errara o alvo: a mão direita apertava uma mancha de sangue no braço esquerdo. O delegado sacou o celular do bolso e ligou para o SAMU.

Ao notar que o sangue não era abundante e que Nildo conversava com as pessoas à sua volta, Dornelas concluiu que o político não corria risco de vida. Num impulso se levantou e correu para longe da multidão, rumo à entrada do cemitério.

Sobre o mar de gente, Dornelas pôde ver Solano subindo as ruelas de terra batida em ziguezague, entre as tumbas, atrás de um homem que fugia em disparada. Caparrós ia pela direita, rente ao muro. Lotufo ia um pouco mais atrás.

Contrariando o que lhe parecia óbvio, de que o atirador fugiria pelo rasgo aberto no paredão dos fundos, logo atrás da antiga sala de necrópsias, e dali para dentro de um matagal, Dornelas decidiu dar meia volta, sair do cemitério e subir rente ao muro, pelo lado de fora. Se o sujeito mudasse de ideia e pulasse para o descampado vizinho, a área estaria coberta.

Resfolegando morro acima e desarmado, Dornelas fez a curva do muro e se deparou com uma espingarda no chão, certamente a arma usada no atentado. Tirou o paletó, um cartão de visitas da carteira e jogou os dois ao lado da arma. Talvez assim ninguém a tocasse até o pessoal da Perícia chegar.

Ao retomar a perseguição, sua suspeita se confirmara: o sujeito pulara o muro morro acima e corria pelo descampado com os três policiais no encalço. Visivelmente cansado e sem ar, Dornelas seguiu adiante. E sem convicção, parou. Seus agentes, mais jovens e mais ágeis, estavam mais perto. Logo fariam a captura.

Até onde pôde ver, o homem estava desarmado, pois corria com os braços soltos pelo terreno arado. A área fora recentemente desapropriada pela prefeitura para se tornar a extensão do antigo cemitério – a segunda fase do empreendimento –, uma vez que não sobrava mais lugar no município para se enterrar os defuntos, salvo casos especiais como aquele. A situação funerária de Palmyra virou um caos, resultado de políticos desinteressados e gente que morre sem parar. De certa forma Dornelas agradeceu, pois as chances de se capturar um homem num descampado eram bem maiores do que num matagal fechado.

Não demorou e seus agentes botaram as mãos no sujeito, que se preparava para entrar na mata do outro lado do terreno.

De camisa solta, calças velhas e esburacadas, o homem foi rapidamente algemado. Ainda ofegante, apoiando os braços sobre os joelhos, Dornelas alegrou-se por ter confiado no seu instinto: a decisão de trazer sua equipe ao enterro fora acertada. O homem não contava com essa. O delegado aguardou que seus investigadores o trouxessem para mais perto.

– Bom trabalho, gente – disse aos seus subordinados e voltou-se para o sujeito. – E você, como se chama?

O homem não respondeu. Tal como o delegado e sua equipe, o atirador estava ofegante, suava em bicas.

– Vou perguntar mais uma vez. Como é o seu nome?

Silêncio absoluto.

– Muito bem. Levem-no para a delegacia. Mas não comecem o interrogatório sem mim – disse Dornelas enquanto procurava recompor-se, colocar a camisa suada dentro das calças, apertar o nó da gravata e alisar os cabelos desgrenhados. Mesmo sentindo-se fisicamente exausto, tinha uma imagem a zelar – ainda era um delegado de polícia.

– Venha comigo – disse a Caparrós.

Ambos desceram até o local em que estava a arma. Dornelas guardou o cartão no bolso e jogou o paletó sobre o ombro.

– Chame a Perícia e finque os pés aqui até eles chegarem. Não quero que uma formiga toque nessa espingarda.

– Pode deixar, doutor.

O delegado seguiu adiante. Caparrós tirou a jaqueta e se sentou junto ao muro. A Perícia demoraria a chegar. E ele aproveitaria para retomar o fôlego, e quem sabe, tirar uma folguinha.

★

Nildo Borges estava bem. Ferido, mas bem. Sentado no banco de passageiros do carro fúnebre, ele cobriu o ferimento com um lenço branco, doação de uma senhora que abandonara o local por puro pavor. A bala atravessara o bíceps, não atingira o osso. A mancha de sangue empapava até o cotovelo da camisa. Augusto Rivera, e algumas pessoas que Dornelas não conhecia, estavam de pé em volta dele.

A música havia sido desligada e o enterro paralisado até segunda ordem. Ninguém sabia muito bem o que fazer. Dornelas foi ter com Nildo.

– Como está o braço? – perguntou.

– Dói muito. Vocês o pegaram? – disse o vereador, que se contorceu no lugar e arreganhou os dentes como um babuíno.

– Sim – murmurou. – Ele está sendo levado para a delegacia.

Augusto, lívido e trêmulo, se aproximou e interveio.

– O senhor acha que esse atentado tem alguma ligação com o assassinato da minha irmã?

– É cedo para dizer – retrucou Dornelas. – Vocês vão dar prosseguimento ao enterro?

O irmão de Marina estava perdido e olhou para Nildo que retrucou com um "por que não?" mostrando que mesmo ferido estava no comando da situação.

O vereador virou-se devagar para instruir o motorista do carro, um jovem assustado que não largara o volante. Ao ver Nildo se aproximar, o rapaz abriu a porta, saiu, deu a volta no carro e abriu a caçamba. Com a ajuda de Augusto, Dornelas e outros quatro que assistiam a cena, o caixão deslizou para fora do veículo e foi carregado morro acima.

O atentado afugentou muita gente. Quem ficou, estava sem rumo. Mas assim que os serviços foram retomados, todos se juntaram atrás do caixão e seguiram para o cemitério. De dentro do carro, Nildo ligou novamente o *Réquiem* em Ré Menor de Mozart, voltou o CD para *Lacrimosa* e saiu do carro para enterrar sua amiga, amante e chefe de gabinete.

Capítulo 18

Ao abrir a porta, Solano entrou com o homem, retirou dele as algemas e gentilmente o convidou a se sentar na única cadeira de plástico, fria e dura, de frente para um grande espelho. Dornelas entrou atrás e se sentou na cadeira ao lado. Vendo que o chefe queria conduzir o interrogatório, Solano ficou bem à vontade na cadeira atrás da mesinha. Dali seria um observador atento e estaria à disposição caso o delegado precisasse dele.

Era um cubículo de poucos metros, teto baixo, com isolamento acústico, nada nas paredes, nem sequer um interruptor, apenas a mesinha e as três cadeiras; o ambiente era asfixiante por si, um arranjo físico projetado para aumentar o desconforto e a sensação de impotência do homem, que olhava em volta com um "tirem-me daqui" estampado na face.

– Antes que comecemos, é importante eu informá-lo de que esta conversa está sendo filmada – disse Dornelas.

O homem não se mexeu, sequer procurou a câmera ao redor da sala. Mesmo que o fizesse, não a encontraria. Anderson cuidava dela do outro lado do espelho, que era falso. Lotufo e Caparrós acompanhavam o interrogatório de lá.

– O senhor está confortável? – perguntou Dornelas, na tentativa de estabelecer uma conexão com o sujeito.

Não obteve resposta.

– Posso saber o seu nome?

Silêncio.

– Muito bem. Você deve ter um nome. Não consigo conversar com gente sem nome. Que tal João?

O homem o encarou.

– Errei, acertei?

– Teodósio – disse o sujeito baixando os olhos para o chão –, mas me chamam de Téo.

– Ótimo, Téo. Relaxe. Não tenha medo da gente. Somos bravos mas todos de bem por aqui.

O homem levantou novamente o rosto, uma expressão grave, e o encarou longamente.

– Tenho medo da polícia, doutor.

– Compreendo, mas não maltratamos ninguém aqui.

As palavras de Dornelas não o acalmaram.

– Que tal conversarmos numa boa? – Dornelas se dobrou na cadeira, se aproximou e colocou uma mão sobre o ombro de Téo que tremeu como um cavalo assustado. A estratégia tinha como objetivo estabelecer uma ligação amigável para facilitar que ele se abrisse sem amarras com a polícia. O delegado retirou a mão e prosseguiu.

– Téo, é importante que saiba qual é sua situação aqui. Em primeiro lugar, o que estamos fazendo não é um interrogatório puro e simples. Você não precisa nos dizer que disparou contra o vereador Nildo Borges. Nós, além de muita gente no enterro, testemunhamos você sobre o muro do cemitério disparando uma espingarda. Eu mesmo encontrei a arma. Quanto a isso, não há dúvidas de que você é culpado de tentativa de homicídio. Você praticou o crime e ponto final. Sua sorte é que Nildo está apenas ferido.

O homem fez que sim com a cabeça que mantinha abaixada.

– Ótimo. Por que você quis matar o vereador Nildo Borges?

– Fui contratado – murmurou Téo, de supetão.

Dornelas se acendeu todo.

– Quem o contratou?

Com os olhos baixos, Teodósio esfregava com a unha uma sujeira numa das pernas das calças. Parecia cada vez menor, encolhia a olhos vistos.

– Você foi contratado por quem? – insistiu Dornelas. – Preciso saber quem o contratou para matar Nildo Borges.

– E a dona Marina Rivera – arrematou Téo, numa frieza espantosa.

Dornelas largou-se no encosto da cadeira, consternado.

– Era você, escondido na despensa, quando bati na porta?

Teodósio confirmou com a cabeça enquanto Dornelas especulava em pensamento. Decidiu colocá-lo em palavras.

– Quer dizer que se eu o encontrasse lá...

– Mataria o senhor também.

– Como?

– Eu tinha um revólver.

Dornelas lembrou-se de que não levara a arma para a casa de Marina. Lamentou o destino dela ao mesmo tempo em que agradeceu o fato de não ter percebido a despensa naquele momento.

– Quanto lhe pagaram?

– Mil e quinhentos.

– Quem o contratou?

O homem olhou para Dornelas, desconfiado.

– O que vai acontecer comigo?

Dornelas não se apressou em responder. Pensou com calma e disparou:

– Pela morte de Marina, de 12 a 30 anos, dependendo dos agravantes – disse ao mesmo tempo em que continha um desejo primitivo de vingança que o motivaria a deixar Teodósio o maior tempo possível atrás das grades. – Pela tentativa de homicídio de Nildo Borges, de 4 a 20 anos. No pior dos casos, você sai velhinho, de bengala. Ou morto. Por bom comportamento, o juiz pode diminuir alguma coisa depois de cumpridos alguns anos de reclusão.

O homem não parecia espantado. Dornelas não compreendia a razão.

– Agora me diga quem o contratou para matar Marina Rivera e Nildo Borges.

– O que eu ganho com isso?

Dornelas enfureceu-se com a pergunta, pediu a Solano que o aguardasse e saiu de rompante. Foi para sua sala e tirou o telefone do gancho.

– Marilda, ligue imediatamente para o doutor Amarildo.

– É pra já.

Desligou e se sentou até o telefone tocar novamente. Atendeu.

– Doutor Amarildo, delegado – disse Marilda.

– Obrigado.

Um tossido e o chefe atendeu.

– Amarildo, boa tarde.

– Como vai, Joaquim.

– Indo, indo.

Em poucos minutos, Dornelas contou ao chefe sobre o depoimento de Teodósio e a encruzilhada em que ele o colocara.

– Posso oferecer a delação premiada?

– Deve. Estou cansado desse caso. Vamos resolvê-lo o quanto antes, custe o que custar.

– Muito bem. Assim que eu terminar o depoimento, ligo para o senhor.

– Ótimo. Um abraço, Joaquim.

– Outro.

Ambos desligaram, satisfeitos. Dornelas voltou correndo para a sala de interrogatório, cruzou a porta e disse, antes mesmo de se sentar:

– Posso dar a você o benefício da delação premiada, o que consiste numa redução de um ou dois terços da pena, ou até o perdão, que no seu caso acho difícil, se me disser quem é o mandante dos crimes contra Marina Rivera e Nildo Borges.

Teodósio olhou para ele visivelmente satisfeito.

– Wilson Borges.

Dornelas virou-se para o espelho e gritou:

– Tragam Wilson Borges imediatamente. Talvez o encontrem na Peixe Dourado.

Caparrós e Lotufo correram para fora da sala e da delegacia para pegar o carro.

– Esses foram os primeiros serviços desse tipo que o senhor fez para ele? – perguntou Solano, até então um observador atento e calado.

Téo moveu a cabeça de um lado a outro.

– Que tipo de serviço o senhor presta para Wilson Borges?

– Sou o caseiro, cuido do jardim, lavo o carro e sou motorista.

– E mata também – completou Solano, irritado.

Dornelas virou-se para o investigador e depois voltou para Teodósio.

– Há quanto tempo você trabalha para ele?

– Eu trabalhava para o pai dele. Depois que o velho morreu, fui cuidar da casa do seu Wilson.

– Você participou do assassinato de José Aristodemo dos Anjos, o Zé do Pó? – perguntou o delegado.

– A redução da pena vale pra esse caso também?

Dornelas fez que sim com a cabeça.

– Então, sim. Eu o matei.

Bingo, pensou Dornelas.

– Foi a mando de Wilson também? – indagou Solano.

– Foi.

– Me conte tudo – ordenou Dornelas.

O homem se aprumou na cadeira e começou.

– Naquele dia de manhã, seu Wilson me disse, enquanto eu cuidava do jardim, que eu teria um serviço para fazer à noite, me entregou uma seringa e um vidrinho com um líquido dentro e disse que me pagaria mil e quinhentos a mais, além do salário.

– Qual o seu salário? – perguntou Solano.

– Dois mil reais, eu e minha mulher, com carteira assinada. Ela arruma a casa e cozinha.

– Continue – disse Dornelas.

– À noite, ele me chamou e disse para levá-lo para a casa da dona Maria das Graças.

– Me desculpe – interrompeu Solano –, mas tenho duas perguntas antes que o senhor prossiga: a primeira é: Wilson é casado? E a segunda: ele era um cliente antigo da dona Maria das Graças?

– Bom, a primeira, ele não é casado mais. Foi. A mulher fugiu com um turista alemão e mora no exterior. Eles não têm filhos. Mas seu Wilson tem uma namorada bem mais jovem, uma megera que trata a gente como merda.

– E sobre Maria das Graças? – interpelou Dornelas.

– Seu Wilson conhece essa mulher faz um tempão. Nas últimas semanas, eu levava ele para lá quase todos os dias. Acho até que seu Wilson tava amarradão naquela mulher.

– Ele se encontrava com Maria das Graças mesmo tendo a namorada em casa? – indagou Dornelas.

– A namorada não mora com ele. Dorme lá algumas noites da semana. Mas ele não liga muito para ela não. A moça só quer saber de casar com ele pra botar as mãos no dinheiro da família.

– E por que não termina o namoro? – perguntou Solano.

– E homem termina com mulher? Com uma boceta para comer em casa e outra na rua?

Intimamente Dornelas lamentou aquele comportamento. O que fazer? Com medo de perder o fio da meada, pediu a Teodósio que prosseguisse com a história sobre o dia da morte do Zé do Pó.

– Bom, naquela noite eu o deixei na casa da dona Maria das Graças e voltei ao estacionamento para guardar o carro. Seu Wilson mora no Centro Histórico e o carro não chega até lá. Depois de largar o automóvel no estacionamento...

– A que horas foi isso? – interrompeu Solano.

– Pouco depois da meia-noite.

– Continue – instruiu Dornelas.

– Ao sair do estacionamento, fui a pé para a ilha dos Macacos. Seu Wilson disse que um carro preto estaria me esperando na porta da casa da dona Maria das Graças e que os sujeitos de dentro me ajudariam a render o irmão dela. Encontrei o carro, bati no vidro e um negrão saiu com outros dois. Perguntaram se eu trabalhava pro seu Wilson e eu disse que sim. Eles então bateram na porta e o tal de Zé do Pó veio atender. Nós rendemos o sujeito em pouco tempo. E ali mesmo, no chão da sala, injetei todo o conteúdo do vidrinho, uns 10 ml, nas costas dele. Ele se debatia demais. Esperamos ele acalmar um pouco e enfiamos o homem na caçamba do carro.

– O senhor pode reconhecer os três homens do carro preto?

– Não, senhor. Eles usavam meias nas cabeças. Só vi os olhos.

Dornelas lamentou e voltou-se para Solano.

– Wilson pensou que como cliente de Maria das Graças não suspeitaríamos dele por estar no quarto ao lado. Mas nessa hora ele se esqueceu da reputação de Nildo. Se a mídia soubesse que o irmão do vereador estava no local do crime, seria um desastre. Por isso ele não voltou mais lá – virou-se para Téo – Prossiga.

– Depois que o homem sossegou um pouco, eu falei para eles o que o seu Wilson mandou dizer.

– Que era?

– Para eles esperarem o sujeito morrer de vez antes de se livrarem do corpo.

– Onde vocês esperaram antes de jogá-lo no canal?

– Numa ruela escura a poucas quadras dali.

– E depois?

– Voltei a pé para o estacionamento, peguei o carro e fui buscar seu Wilson, que me esperava na rua de trás.

Dornelas silenciou por um momento, refletia. Uma batida no espelho e Solano saiu da sala. Anderson pedia uma pausa, precisava trocar o cartão de memória da filmadora. Assim que Solano voltou, autorizado por Anderson, o delegado perguntou ao caseiro:

– O senhor pode imaginar a razão do senhor Wilson matar o Zé do Pó?

Téo abaixou a cabeça, levantou e disse:

– Seu Wilson tá envolvido com tóxico, doutor. O Zé do Pó aparecia na casa dele o tempo todo. Nas últimas vezes, os dois brigaram por dinheiro. Seu Wilson achava que o Zé do Pó tava roubando ele, faturando por fora.

– Mas se ele está envolvido com drogas, e com o Zé do Pó, por que matar justamente o sujeito que cuida do negócio? – perguntou Solano.

Dornelas respondeu de bate-pronto.

– Talvez o Porteiro tenha lhe oferecido um negócio melhor e não negou ajuda para se livrar da concorrência. Simples assim. – virou-se para Teodósio – Toma um café?

– Tomo, sim senhor.

– Traga café para todo o mundo – o delegado disse a Solano. – Veja se Anderson também quer.

Solano se levantou, saiu e fechou a porta. Dornelas ficou ali pensando, com o caseiro, mais calmo, olhando para ele.

– Que estrago, heim! – disse o delegado.

– Gente ruim tem que morrer, doutor.

– Mas e Marina Rivera... é gente ruim pra você?

– Dona Marina, não. Mas ela descobriu o negócio de drogas do seu Wilson.

– Me conte tudo.

– Na manhã do dia que eu a estrangulei, ela passou na casa do seu Wilson pra conversar. Eles ficaram na sala e eu fiquei de mutuca na conversa, detrás da porta. Ela contou para o seu Wilson que ouviu um boato na comunidade da ilha que ele, Wilson, tava no negócio de drogas com o Zé do Pó. E que foi ele quem mandou matar o Zé do Pó. Ela foi tirar isso a limpo. Ele negou. Aí dona Marina pediu para o seu Wilson sair daquilo, que se a imprensa descobrisse o esquema, isso atrapalharia a carreira do irmão. Wilson ficou puto e mandou ela embora, enxotou a mulher da casa dele. Mas antes de bater a porta na cara dela, Marina o ameaçou, disse que se ele não parasse, largasse o negócio de drogas, ela ia contar tudo para a polícia, para o senhor.

De um jeito estranho, a notícia agradou o delegado. Pelo que Teodósio acabava de revelar, Marina foi assassinada por ter descoberto o envolvimento de Wilson com o tráfico de drogas e não por ter chafurdado a contabilidade da Peixe Dourado. Isso isentava Dornelas da responsabilidade pela morte dela. Uma coincidência infeliz, mas que lhe trouxe grande alívio.

Solano voltou com três copinhos de café fumegante. Distribuiu ao chefe, ao caseiro e voltou a ocupar sua cadeira.

Dornelas agradeceu e virou a atenção para o caseiro:

– Você sabia que eu iria para a casa dela?

– Não, senhor. Foi puro acidente.

– E como você entrou?

– Foi muito estranho. Como ela me conhece, eu pensei que bastaria bater na porta para ela abrir. Se fosse assim, eu a mataria ali mesmo, na sala. Mas não, eu bati na porta e ela jogou a chave de uma janela do andar de cima. Nem olhou para ver quem era.

– Ela estava esperando por mim – completou Dornelas, inconformado com o destino de Marina. – E depois?

– Depois que entrei, ouvi o barulho do chuveiro ligado. Subi a escada, entrei no quarto e no banheiro. Ela estava debaixo da água, enxaguando os cabelos. Nem me viu entrar. Estrangulei a mulher ali mesmo. Quando ouvi a batida na porta, lembrei que eu tinha me esquecido de passar a chave quando entrei. Desci a escada ligeiro e me escondi na despensa. Foi a minha salvação.

A minha também, pensou o delegado. A história batia com a versão que ele presumira.

– E Nildo Borges, por que matá-lo também?

– Seu Wilson é um homem muito complicado, doutor. Nunca deu certo em nada. O pai achava que ele não prestava pra nada e bajulava só o irmão, dava tudo pra ele. Se não fosse a proteção da mãe, que está velha, mas viva, seu Wilson estaria na rua, mendigando. Além do mais, ele tem um ciúme mortal do irmão político, famoso e influente.

Dornelas virou-se para Solano.

– Na certa Marina contou ao Nildo sobre o envolvimento do irmão com as drogas assim que Wilson se negou a sair do negócio. Nildo deve tê-lo ameaçado de alguma forma, talvez tirar o dinheiro, sei lá – presumiu. – Me lembre de tirar isso a limpo com Nildo, por favor – pediu a Solano que confirmou com a cabeça.

– E o que você pretendia fazer depois que matasse Nildo Borges?

– Fugiria para o matagal e voltaria para a casa do seu Wilson. – respondeu Teodósio com uma tranquilidade que irritou o delegado.

– Você imaginava que a polícia estaria no enterro? – indagou Dornelas.

– Não, senhor.

Dornelas orgulhou-se por confiar em sua intuição. A manobra foi decisiva para encerrar o caso dentro do prazo que determinara para si.

– Uma última pergunta: por que você fez tudo isso, matou toda essa gente e tentou matar o vereador Nildo Borges?

– Oras, por dinheiro, doutor!

Dornelas estava atônito com a frieza do homem. Sua vontade era de esbofeteá-lo ali mesmo. Mas como homem da lei, tinha um trabalho a fazer.

– Muito bem, Teodósio – disse o delegado levantando-se da cadeira –, cumpriremos anossa parte quanto à delação premiada, mas isso não elimina o fato de você ter cometido três crimes graves. Você pagará por isso.

O homem olhou para ele sem dizer nada. Parecia tranquilo. Dornelas ofereceu a mão e Téo a apertou.

– Solano vai registrar seu depoimento. Boa tarde.

– Boa tarde, doutor.

Exausto, Dornelas foi para sua sala e ligou para Amarildo.

Contou ao chefe sobre o depoimento de Teodósio, recebeu os parabéns, colocou o fone no gancho e se sentou. Abriu a gaveta, desembrulhou dois quadradinhos de chocolate e enfiou-os na boca para que derretessem lentamente. Estava tão tenso e irritado que mal conseguiu sentir o sabor. Restava aguardar que Caparrós e Lotufo trouxessem Wilson Borges para depoimento, fazer a acareação com o caseiro, pedir a prisão preventiva, e todo o resto da burocracia necessária até o inquérito ser entregue ao promotor.

A sua parte estava concluída, não fossem os três homens do Porteiro.

Sentiu-se desanimado ao constatar que a sua equipe não tinha contingente, muito menos armas pesadas o suficiente, para invadir a favela da ilha dos Macacos atrás de três homens que não poderiam ser reconhecidos. Para desbaratar o esquema de tráfico de drogas que ele, Dornelas, apenas arranhou a superfície, e talvez prender o Porteiro, seria preciso ajuda da Polícia Militar, e certamente da Federal.

Para resolver o crime de uma vez, a opção era essa.

Haveria vontade política para isso?

A partir desse ponto, a coisa ficaria a cargo do chefe. Amarildo era o especialista em lidar com processos políticos lentos e desgastantes dentro da Secretaria de Segurança do Estado.

Trataria disso com ele depois.

Profundo conhecedor das engrenagens do poder público brasileiro, Dornelas conformou-se com o fato de que este seria mais um assassinato sem solução no currículo do Porteiro.

Pegou o celular sobre a mesa e ligou para Dulce Neves. Ela atendeu e ele contou tudo. Estava aliviado.

– Não sei a que horas vou sair daqui – disse ele. – Se não for tarde demais, podemos pedir uma pizza na minha casa.

– Pode ser. Ligue para mim assim que terminar.

– Ok.

– Um beijo.

– Outro pra você.

Desligaram.

Dornelas recostou-se na cadeira e fechou os olhos. Dentro dele voltaram o frescor e a paz de espírito que sempre o acompanham quando um caso é encerrado. Sentia-se satisfeito por sua intuição tê-lo conduzido magistralmente por mais um emaranhado de fatos e versões. Agradeceu a sorte, que sempre esteve ao seu lado. Pensou nos filhos. Se nada o atrapalhasse, o próximo final de semana seria inteiro dedicado a eles. Resolveu ligar para os dois, mas desistiu assim que esticou o braço para tirar o fone do gancho. Faria isso com calma mais tarde, em casa.

O telefone tocou. Atendeu logo.

— Dornelas.

— Delegado, Caparrós.

— Diga.

— Uma desgraça, doutor.

Dornelas se endireitou na cadeira.

— O que foi?

— Wilson Borges... está morto.

— Como assim?

— Chegamos à Peixe Dourado e ele já havia saído. O vigia não soube nos informar para onde ele foi, mas disse que saiu em disparada. Paramos no posto da Polícia Rodoviária. O Dantas nos informou que um carro se espatifou de frente com um caminhão-cegonha, a caminho do Rio de Janeiro. Chegamos aqui faz pouco tempo. É ele mesmo. O homem virou uma pasta, doutor. A carteira estava na porta e a placa bate com o carro dele. O motorista do caminhão sobreviveu, mas está inconsciente. Segundo testemunhas de outro carro, Wilson dirigia como um louco.

Dornelas ficou mudo, pensando, imóvel, com o telefone suspenso no ar. *Certamente Wilson decidiu fugir tão logo soube que Teodósio não apenas falhou ao matar o irmão, como foi capturado pela polícia.*

— Doutor, o senhor está aí? — perguntou Caparrós do outro lado da linha. Dornelas podia ouvir o zunido da voz vinda do aparelho, como se um mosquito gigante tivesse invadido a sala.

— Paciência — retomou o delegado. — O homem cavou a própria cova. O caso agora é da Polícia Rodoviária. Cuide para que a papelada chegue até nós o mais rápido possível. Quero juntar tudo ao inquérito e enviar ao promotor o quanto antes.

— Pode deixar.

— Fique aí o tempo necessário. Qualquer coisa, me ligue no celular. Boa noite.

— Boa noite, doutor.

Desligaram. Dornelas não soube definir seu estado de espírito. Certamente não teria uma noite fácil ao ter que confrontar Wilson Borges num interrogatório. Mas isso era o de menos. Se esse fosse o trabalho, o faria como qualquer outro. Mas uma coisa era certa: a morte de Wilson pouparia a exposição de Nildo na mídia, que não ficaria alardeando aos quatro ventos que o irmão do vereador estava envolvido com o tráfico de drogas. A manchete da morte de Wilson se reduziria a um acidente de automóvel.

Íntima e secretamente agradeceu por o sujeito ter morrido de forma violenta. Sentiu-se vingado pela brutalidade que ele cometera contra Marina Rivera, uma mulher jovem, linda, bem intencionada e com uma vida inteira pela frente. Essa talvez tenha sido a maior injustiça de todo o caso.

Pegou suas coisas e foi para casa.

★

Virou a chave e viu Lupi, que o aguardava tranquilo. O sofá da sala estava intacto. *Neide deve ter passeado com ele antes de sair*, pensou. Ao entrar, olhou em volta: o silêncio, o cachorro, a casa em ordem e não ficou triste, pelo contrário, sentiu-se confortado.

Uma aura de recomeço pairava no ar.

Subiu para o quarto dos filhos, as camas vazias. Passou a mão no telefone e ligou para eles. A ligação caiu na secretária eletrônica. Tentaria novamente mais tarde. Havia combinado de ligar para Dulce, mas deixaria isso para depois. Queria tomar um banho e desfrutar do triunfo de recomeçar a vida a seu modo, no seu ritmo e tempo.

Agradeceu à carreira que escolhera e que foi o que manteve sua mente sã durante o período mais difícil da separação, o começo, quando Flávia o abandonou. Para fugir da depressão, ele mergulhara de cabeça no trabalho. E o próprio trabalho, que a ex-mulher tanto criticava, o salvou. Não fosse a polícia, não teria se livrado tão rápido dos grilhões do abandono e da devastação em que fora obrigado a viver.

Intimamente sabia que o Crime do Mangue havia sido um caso diferente dos demais. Não que ele fora resolvido mais rápido ou mais devagar que os outros, ou que ficara sem solução, mas porque, pela primeira vez em sua carreira, trabalho e vida pessoal caminharam de mãos dadas, sem conflitos, cada parte contribuindo para alimentar o todo que sua alma exigia. Constatar isso o agradou imensamente.

Dornelas desceu e serviu-se de uma dose de cachaça. Fez um brinde à Nossa Senhora Aparecida, imagem que mantinha sobre o móvel da sala, bebericou do copinho e subiu para o quarto. Despiu-se devagar e entrou no chuveiro com o copo na mão.

Depositou-o na prateleirinha em frente, junto ao frasco de xampu. E quando agarrou a torneira para ligar a água, pensou em José Aristodemo dos Anjos, o Zé do Pó, o Demo, o Dindinho, o começo de tudo.

Lembrou que até aquele momento a polícia não sabia ao certo a identidade do sujeito. Sem uma comprovação documental ou científica, nem Dornelas, nem ninguém poderiam afirmar que o homem era quem todos diziam que era.

Em suma, com o caso praticamente resolvido, a polícia não podia afirmar de quem era o corpo que ele, Dornelas, havia retirado da baía; mas essa era uma questão que ele resolveria com Dulce Neves, no dia seguinte.

Nota do Autor

O Crime do Mangue me veio à mente numa viagem de férias em julho de 2010. Todos os personagens, sem exceção, assim como seus nomes, fazem parte das terras férteis da imaginação e não encontram qualquer correspondência com a realidade.

Me desdobro em agradecimentos a algumas pessoas que colaboraram ativamente – cada uma à sua maneira – para que esse livro viesse à luz. Antonio Cabral e Guilherme Soares por suas inestimáveis constribuições; Carminha Levy por sua sabedoria; Roger Franchini, ex-policial civil e hoje autor policial de sucesso por sua orientação quantos aos procedimentos policiais.

Idéias ou sugestões:

paulolevy67@gmail.com

Esta obra foi composta em Goudy Old Style por Áttema Editorial
para a Editora Bússola em setembro de 2019